EIN JAHR

JEAN ECHENOZ

EIN JAHR

ROMAN

Aus dem Französischen
von
Hinrich Schmidt-Henkel

BERLIN VERLAG

Victoire wachte eines Morgens im Februar auf, konnte sich an kein Ereignis des Vorabends mehr erinnern, stellte fest, dass Félix tot neben ihr im Bett lag, also packte sie einen Koffer, schaute rasch bei der Bank vorbei und nahm ein Taxi zum Bahnhof Montparnasse.

Es war kalt, die Luft war klar, aller Schmutz hatte sich in Ecken und Winkel verkrochen, es war so kalt, dass die Kreuzungen weiträumiger erschienen und die Statuen gelähmt waren, und das Taxi setzte Victoire am Ende der Rue de l'Arrivée ab.

In der Gare Montparnasse bilden drei Grautöne einen Thermostaten, und hier friert es noch stärker als anderswo: Das glitzernde Anthrazit der Bahnsteige, der eisengraue Beton des Gewölbes und das perlgraue Metall der Schnellzüge lassen mit ihrer leichenschauhausartigen Stimmung den Benutzer erstarren. Als kämen sie aus Kühlfächern gerutscht, mit einem Etikett am Zeh, so gleiten diese Züge auf

Tunnel zu, die einem bald das Trommelfell zum Platzen bringen. Victoire suchte auf der Anzeigetafel einen Zug, der sie möglichst bald möglichst weit bringen konnte: In acht Minuten ging einer nach Bordeaux.

Zu Beginn dieser Geschichte kennt Victoire Bordeaux absolut nicht und ebenso wenig den sonstigen Südwesten Frankreichs, den Februar hingegen, der neben dem März einer der übelsten Monate in Paris ist, kennt sie durchaus. So kam es ihr ganz gelegen, dieser Jahreszeit zu entrinnen, nur wären ihr andere Umstände lieber gewesen. Da sie jedoch keinerlei Erinnerung an die Stunden vor Félix' Tod hatte, befürchtete sie, man werde sie verdächtigen, ihn herbeigeführt zu haben. Vor allem aber hatte sie keine Lust, irgendwelche Erklärungen abzugeben, außerdem wäre sie dazu gar nicht imstande gewesen, denn schließlich war sie sich selber ihrer Unschuld nicht gewiss.

Nachdem man endlich wieder aus den Tunneln heraus war, schloss sich Victoire noch halb betäubt in der Zugtoilette ein, um das auf der Bank abgehobene Geld nachzuzählen; sie hatte ihr Konto fast völlig geplündert. Große Geldscheine, insgesamt fast fünfundvierzigtausend Franc, das reichte für eine Weile. Dann betrachtete sie sich im Spiegel: eine dünne nervöse Frau von sechsundzwanzig Jahren, mit entschlossener Miene, angriffslustigem, misstrauischem Blick der grünen Augen und schwarzem, zu einem wuscheligen Helm frisiertem Haar. Es fiel ihr nicht schwer, jegliche Gefühlsregung aus ihrem Gesicht zu tilgen, jede Emotion verfliegen zu lassen, dennoch fühlte sie sich nicht wohl in ihrer Haut und ging wieder zu ihrem Platz zurück.

Am Fenster im Raucherbereich und in Fahrtrichtung sitzend, bemühte Victoire sich, Ordnung in ihre Erinnerungen an den Vortag zu bringen, konnte indessen immer noch nicht den Verlauf des Abends rekonstruieren. Sie wusste, dass sie den Vormittag allein verbracht hatte, nachdem Félix ins Atelier gegangen war, dann hatte sie mit Louise zu Mittag gegessen und war zufällig am späteren Nachmittag im Central Louis-Philippe über den Weg gelaufen. Immer lief sie Louis-Philippe zufällig im Central über den Weg, meist spätnachmittags, während er sie stets aufzutreiben wusste, wenn er es wollte, überall, jederzeit. Sie erinnerte sich, dass sie zwei, drei Gläser mit ihm getrunken hatte und vielleicht ein bisschen später nach Hause gegangen war als sonst – und damit Schluss, nichts mehr. Jeder andere an ihrer Stelle hätte in einem solchen Fall Rat bei ihm nahe stehenden Menschen eingeholt, nicht jedoch Victoire, mangels Familie, und sie hatte alle Brücken hinter sich abgebrochen.

Das Geschehene würde ihr früher oder später sicher wieder einfallen, nur nicht zu sehr darauf versteifen, stattdessen lieber durchs Fenster die wenig gegliederte, irgendwie industrialisierte landwirtschaftliche Gegend betrachten, die dem Blick nicht den geringsten Halt zu bieten hatte, wenn sie nicht ohnehin von der Böschung verborgen war. Pfeiler, Stromdrähte und sich kreuzende Autobahnzubringer, Futteranbauflächen, Bauparzellen neben ausgehobenen Gruben. Isoliert auf dem Brachland zwischen den abwesenden Tieren, standen irgendwelche technischen Gebäude, die wer weiß wozu gehörten, außerdem irgendwelche Fabriken, die wer weiß was produzierten. Obwohl sie nur wenigen Arten beziehungsweise Marken angehörten, glichen sich die Bäume untereinander nicht weniger als die Automobile auf einer Nationalstraße, die vorübergehend parallel zur Bahnstrecke verlief.

Nichts also, womit man sich längere Zeit ohne Überdruss hätte beschäftigen können, doch auch das Innere des Zugs, der zu dieser Jahreszeit halb leer war, steuerte kaum etwas Sehenswertes bei. Ein betagtes Ehepaar, drei allein reisende Männer, davon einer ein schlafender Masseur, zwei allein reisende Frauen, davon eine schwanger, außerdem ein Grüppchen Teenies mit Pferdeschwänzen, Zahnspangen und Sporttaschen, unterwegs zu einem Spiel, das unentschieden enden würde. Der Zeigefinger des Masseurs ruhte auf einem anatomischen Sachbuch, er zitterte bisweilen, müde, immer auf dieselbe Stelle zu deuten. Victoire stand auf und ging, die Lehnen der Sitze streifend, um das Gleichgewicht zu halten, in Richtung Bistrowagen.

Allein mit ihrem Viertelchen Vittel betrachtete sie dort durch die großen Fenster dieses Panorama ohne festen Wohnsitz, das nur gerade seine Identität verriet, das ebenso wenig eine Landschaft war, wie ein Reisepass eine Person ist, besondere Kennzeichen: keine. Die Gegend schien nur mangels eines Besseren dort hingestellt worden zu sein, um die Leere zu füllen, solange keine andere Idee auftauchte. Der Himmel bestand aus einer einförmigen Wolke, unter der als schlecht bezahlte Nebendarsteller ein paar anonyme schwarze Vögel ohne rechte Überzeugung einherflogen und die der Sonne nur das dumpfe Licht eines Wartesaals zugestand, ohne den Schatten einer Illustrierten, mit der man sich die Zeit vertreiben könnte. Wieder auf ihrem Platz, schlummerte Victoire ein wie alle anderen, bis man in den Bahnhof von Bordeaux einfuhr.

Sie hatte vorgehabt, in Bordeaux ebenso zu verfahren wie an der Gare Montparnasse, also in den ersten sich bietenden Zug zu springen, doch es fuhren mehrere zur gleichen Zeit, einer nach Saint-Jean-de-Luz, ein anderer nach Auch, ein dritter nach Bagnères-de-Bigorre. Um Spuren zu verwischen und ohne so recht zu wissen, vor wem eigentlich, knobelte Victoire dreimal zwischen diesen drei Zielen, und da das Los jedes Mal auf Auch fiel und sie die Spuren noch gründlicher verwischen wollte, sogar für ihre eigenen Augen, entschied sie sich für Saint-Jean-de-Luz.

Der Bahnhof von Saint-Jean-de-Luz liegt direkt im Stadtzentrum, zum Hafen hin. Nachdem sie ihren Koffer einem Schließfach anvertraut hatte, kaufte Victoire in einem Zeitungsladen einen Stadtplan und begann die Straßen abzuwandern. Es war mitten am Nachmittag, die Geschäfte machten eben wieder auf, darunter auch Maklerbüros, vor denen sie stehen blieb, um die Wohnungsangebote zu studieren. Jede mit einem Foto versehene Offerte zeigte ein Interieur wie zu einem Fernsehfilm, wie vom Anfang eines Drehbuchs, aber Victoire wollte gar nicht die Dienste eines Maklers in Anspruch nehmen – übertrieben hohe Kosten, Ausweispapiere, Unterschriften, mithin schriftliche Spuren, etwas, was sie seit heute früh lieber nicht mehr hinterlassen wollte; so verfuhr sie nur, um sich einen Eindruck von den Preisen zu verschaffen. Dies getan, holte Victoire ihr Gepäck ab und wählte ein Hotel in einer Straße, die nicht zum Hafen führte.

Sie sollte nur eine Nacht dort verbringen. Anderntags studierte sie die an den Türen der Geschäfte klebenden privaten Wohnungsanzeigen. Recht schnell, am späteren Vormittag, fand sie eine, die möglich schien. Die Vermieterin wirkte am Telefon umgänglich, und ein Treffen wurde noch für dieselbe Stunde vereinbart. Die Miete betrug dreitausendsechshundert Franc, Victoire bot an, sie in bar zu bezahlen, sofort, falls die Unterkunft ihr zusagen sollte. Sie sollte ihr zusagen. Sie sollte drei Monate dort bleiben.

Victoire ging zu der angegebenen Adresse, einem dürftigen, abweisenden Häuschen, eher am Stadtrand gelegen, in einer luftigen von pensionierten Ehepaaren bewohnten Gegend. Ein ungepflegter Garten umgab dieses reizlose Gebäude, dessen rückwärtige Fenster auf einen Golfplatz hinausgingen, die vorderen zum Atlantik; Tür und Fensterläden wirkten, als wären sie schon seit einiger Zeit verschlossen. Auf ihrem Koffer sitzend, wartete Victoire auf die Ankunft der Eigentümerin dieses Häuschens, deren Äußeres, so nahm sie an, dem seinen entsprechen würde.

Irrtum: Es war umgekehrt, in jedem Detail. Diese Eigentümerin besaß ein helles Gesicht und helle Kleidung, lächelnde Lippen, ein zu deren Farbe passendes korallenrotes Cabriolet, sie hieß Noëlle Valade und schien ein paar Zentimeter über dem Erdboden zu schweben, trotz ihrer imposanten Büste, aber so ist es eben mit imposanten Büsten, manchmal belasten, manchmal erheben sie, Sandsäcke oder Heliumballons, je nachdem, und ihr strahlender, durchscheinender Teint verriet ein strenges Vegetariertum. Ihr frühzeitig ergrautes Haar wurde allein von einer Schildpattklammer gehalten, ohne jeden Gedanken an irgendeinen Coiffeur im Hinterkopf. Noëlle Valade wollte dieses Häuschen nicht selber bewohnen, es war durch den Tod einer Verwandten an sie gekommen, so erklärte sie, wobei sie versuchte, die Tür zu öffnen, aber sie wollte es auch nicht verkommen lassen. Das Schloss klemmte.

Ein resigniertes Wohnzimmer, eine verschwiegene Küche, im Obergeschoss zwei Schlafzimmer, durch ein schmales Bad getrennt: Das Häuschen machte einen verlassenen Eindruck, es war voll gepfropft, feucht, dunkel und erfüllt von einem muffigen Geruch, der gar nicht so unangenehm war. Ganz offensichtlich hatte hier schon lange niemand mehr gewohnt, doch es war bewohnbar, nichts fehlte, im Gegenteil, allzu viele Möbel enthielten allzu viele Gegenstände, die irgendwie zueinander gehörten. Ziergegenstände im Wesentlichen, die Kleidung der Verwandtschaft war an den katholischen Hilfsdienst gegangen. In einer jähen Bewegung, überhastet, so schien es, hatte das Leben diesen Ort geflohen und die Dinge von einer Sekunde auf die andere sich selbst überlassen, um sie zustauben und für immer hinter den rasch geschlossenen Fensterläden erstarren zu lassen. Man konnte noch sehen, dass im letzten Moment ein Buch, eine Kaffeetasse, ein Kissen provisorisch den Ort gewechselt hatten, auf einem Beistelltisch abgelegt, einem Regalbrett, der Armlehne eines Sofas, sozusagen für ein paar Minuten, in Wahrheit für ewig.

Mit spitzen Fingern, ohne ihnen zu nahe zu kommen, wies Noëlle Valade auf die klaffenden Tapetenbahnen, die kalkverkrustete Badewanne und die angelaufenen Armaturen, wobei sie ihre Bewegung jeweils kurz vor der Kontaktaufnahme innehalten ließ, ohne dass Victoire gleich verstand, ob dies an einem speziellen Widerwillen lag, den der Ort ihr einflößte, oder an einer generellen Politik im Umgang mit Gegenständen. Für ihre Mieterin indessen schien Noëlle Valade Sympathie zu empfinden, sie legte keinerlei Misstrauen an den Tag und beschränkte die Formalitäten auf ein Minimum: weder Papiere noch Kaution, einfach nur drei Monate Vorauszahlung in bar, und sacht flatterten die Geldscheine, grüne und blaue Libellen, aus Victoires Handtasche in ihre.

Diese von Noëlle Valade festgesetzten drei Monate zeichneten Victoires unmittelbare Zukunft vor, ohne dass sie darüber nachzudenken hatte, was sie der Sorge enthob, eine wahrscheinlich mit allerlei Zweifeln gespickte Entscheidung zu treffen. Victoire war ihrer Vermieterin dankbar, die ihr, nennen Sie mich einfach Noëlle, in groben Zügen ihr Leben beschrieb. Sie arbeitete bei einer Bank, aber kaum mehr als pro forma, eine Drittel Stelle, im Wesentlichen lebte sie von Unterhaltszahlungen, zwar hatte sie erwogen, wieder zu heiraten, aber nein, ich bin selber, sagte sie, meine beste Freundin. Gut ging es ihr nur, wenn sie allein war, mit sich selbst, bekräftigte sie, als sie zu ihrem Wagen ging, einem Geschenk ihres letzten Mannes (ich habe nicht danke gesagt, ich habe zu ihm gesagt, du weißt genau, dass ich nicht danke sagen kann), in dem, sobald sie den Zündschlüssel umgedreht hatte, ätherische Orgel- und Wellenklänge ertönten. Dann ließ sie das Fenster auf ihrer Seite herab. Ja, ich bin froh, dass ich an Sie geraten bin, sie lächelte Victoire an, ich kann hässliche Frauen nicht ausstehen, die geben mir immer das Gefühl, etwas beweisen zu müssen. Und als sie den Rückwärtsgang einlegte, konnte Victoire feststellen, dass es sich tatsächlich um eine generelle Politik handelte, dass Noëlle alles Materielle nicht einmal mit den Fingerspitzen berührte und ihr Fahrzeug mithilfe magnetischer Kräfte steuerte.

Die ganze Zeit über, die Noëlle Valade redete, hatte Victoire in den Pausen so wenig Informationen wie möglich über sich selbst preisgegeben. Nicht aus einem besonderen Misstrauen heraus, jedenfalls nicht allein deshalb, sondern weil sie es so gewohnt war, und Louis-Philippe hatte ihr schon oft Vorhaltungen deswegen gemacht. Aber so ist Victoire: Da man wohl oder übel gezwungen ist zu sprechen, wenn man mit Leuten zu tun hat, behilft sie sich damit, Fragen zu stellen. Während die Leute antworten, ruht sie sich aus und bereitet die nächste Frage vor. So verfährt sie immer, sie glaubt, die Leute merken es nicht.

Nachdem die Vermieterin weggefahren war, blieb Victoire allein vor dem Häuschen stehen und blickte es an, als wäre es eine Person, nicht ohne Misstrauen und bereit zur Verteidigung; so stand sie oft anderen Menschen gegenüber, auch wenn nichts sie bedrohen konnte, doch unterstellte sie dadurch, man könne dergleichen im Sinn haben, auch wenn das absolut nicht der Fall war. Wahrscheinlich hatte diese Art und Weise dreinzuschauen dazu beigetragen, dass Victoires Arbeitsverhältnisse bislang von eher kurzer Dauer gewesen waren, ihre Zeitverträge nie verlängert wurden. In der Tat hatte Victoire in den vergangenen Monaten den Arbeitsmarkt nur flüchtig verfolgt, sie wartete eher auf eine Gelegenheit, als dass sie danach suchte, und verließ sich zum Bestreiten ihres Lebensunterhalts weniger auf die nun in ihrer

Handtasche enthaltenen Ersparnisse als auf Félix, der sich bis gestern um alles gekümmert hatte.

Etwas später hatte sie dann das Häuschen gründlicher inspiziert, die leeren Kleiderschränke geöffnet, in denen die Bügel gegeneinander klapperten, und Schubladen aufgezogen, die voller unvollständigem Hausrat waren: ausrangierte Fotoalben, Schlüssel mit unbeschrifteten Anhängern, Vorhängeschlösser ohne Schlüssel, Griffe von Türen und von irgendwelchen Gerätschaften, Kerzenstummel, Fragmente von Betthäuptern, eine Uhr ohne Stundenzeiger. Auf den Konsolen standen ein paar unbestückte Kerzenhalter und Lampen ohne Stecker, dazu etwas, das aussah wie ein Fotoständer oder eine Vase für eine einzelne Blume, auf Deckchen aus grobem Leinen oder verschlissenen Spitzen. Zwei exotische Statuetten zeugten von einer kolonialen Vergangenheit.

In einem Schrank fand Victoire zwischen den Staubmäusen zwei alte Drageeschachteln mit rosa und blauem Zierband, an dessen Enden Pompons und Quasten hingen, darinnen immer noch kleine Zuckerperlen mit abschilferndem Silberbelag. An der Wand rückte sie das Porträt eines Unbekannten zurecht. Im Bad vegetierte neben schütter behaarten Zahnbürsten und fossilen Seifenstücken altes Sanitärzubehör vor sich hin, splitternd und klebrig, widerlich, Plastikformguss der ersten Generation. Bei weit geöffneten Fenstern müsste man ein paar Tage warten, bis das Ganze ein bisschen seinen Geruch verlöre, aber völlig durchtrocknen würde es nie.

Victoire richtete sich rasch ein, arrangierte im Erdgeschoss nichts um und benutzte in dem Schlafzimmer, das sie oben wählte, nur eine Kommode, in der sie ihre Kleidung unterbrachte. Ihre persönlichen Gegenstände – zwei Bücher, ein Walkman, ein kleiner Zinnelefant – stellte sie auf einen Nachttisch neben dem Bett. Ihr Geld aber verbarg sie in einem Schrank im anderen Schlafzimmer, ganz hinten in einer geräumigen Schublade unter gefalteten Betttüchern. Diese Tücher waren starr und feucht wie alles andere, lange schon waren sie nicht mehr auseinander gefaltet worden, ein graubrauner Gilbstreifen lief an den Kanten entlang.

Aus ihrem Schlafzimmer entfernte sie sämtliche Möbel und anderen Dinge, so dass außer der Kommode und dem Bett, das sie vor das Fenster gezogen hatte – die Vorhänge hatte sie abgenommen –, nur noch ein großer an der Querwand angebrachter Spiegel übrig blieb. So würde Victoire, wenn sie tagsüber im Bett lag, nur ein rechteckiges Stück Himmel vor sich haben, je nach Wetter ein weißes oder graues Blatt Papier, mittig unterteilt durch einen senkrechten Balken, nach dessen erstem Drittel ein drehbarer Fensterriegel einen Punkt setzte. An den ersten Tagen blieb sie oft lange so auf ihrem Bett liegen, mal versuchte sie, ihr Leben zu überdenken, doch vergebens, mal bemühte sie sich, ebenso vergeblich, gar nicht daran zu denken. Die rings um das Haus unangefochten herrschende allgemeine Stille war diesen Versuchen auch nicht gerade förderlich.

Zur einen Seite der Golfplatz war recht gut besucht: Man konnte schemenhafte Gruppen erkennen, die reglos dastanden oder sich in Bewegung auflösten. Zur anderen Seite war der Atlantik zwar sichtbar, aber zu weit entfernt, als dass man ihn hätte hören können. Keinerlei Echo ertönte aus den umliegenden Gebäuden, doch nach einiger Zeit konnte Victoire manchmal in der Nähe des Häuschens leichte Geräusche ausmachen. Verhaltene Geräusche wie von einem Herabfallen oder Zusammenprallen, kaum hörbar, von variabler Ausprägung und Lautstärke, gedämpft oder matt, manchmal von einem Hüpfen gefolgt: Einmal war es zersplitterndes Glas, ein andermal ein lauter Paukenton, ein kurzes Knirschen, ein lang aufjaulender Feuerwerkskörper, ein einziges Mal ein erstickter Schrei. Sie kamen unregelmäßig vor, ein-, zweimal am Tag, an manchen Tagen überhaupt nicht. Schließlich lag Victoire regelrecht auf der Lauer, konnte ihren Ursprung aber nicht ausmachen. Bisweilen genügte es, dass sie zwei Tage nacheinander gar nicht auftraten und sie sie schon vergaß, da ertönte unvermittelt eines dieser Geräusche und erinnerte sie an die ganze Serie. Wenigstens waren sie niemals nachts zu hören, und Victoires Schlaf blieb ungestört.

An den ersten Tagen ging sie allmorgendlich ans Meer, um die lokalen und überregionalen Tageszeitungen zu studieren, immer am selben Ort, soweit das Wetter es erlaubte. Das Wetter erlaubte es oft, und der Ort war ein kleiner, durch eine Küstenstraße vom Ufer getrennter, etwas abschüssiger Platz, der derzeit hergerichtet wurde und bereits mit kümmerlichen Büschchen unter Plastikabdeckung bepflanzt sowie mit neuen Bänken ausgestattet war. An den ersten Tagen durchsuchte sie sämtliche Zeitungen – im Vermischten und bei den Nachrufen – nach einer Nachricht zu Félix' Tod, aber ohne Ergebnis. Als es so schien, dass dazu nichts mehr kommen würde, reduzierte Victoire ihre Zeitungskäufe und überflog die Blätter kaum noch, sondern ließ sie aufgeschlagen auf ihrem Schoß liegen und betrachtete das Meer.

Auf diesem trieben bei jedem Himmel und zu jeder Stunde die Köpfe der Surfer wie Bojen oder weggeworfene Bälle, in Erwartung der Welle. Wenn sie kam, zogen sich alle auf ihre Bretter, um sie zu erwischen, und schwangen sich schräg in ihren Hang, wo sie sich ein paar Sekunden lang hielten, bevor sie in fluoreszierenden Parabeln umstürzten, in die Gischt platschten und das Ganze von vorn anfingen. Geduldig warteten auf der schmalen Straße, die die Küste säumte, ihre Freundinnen in hergerichteten Minibussen auf die Surfer: Wenn sie auf dem Heimweg bei ihnen vorbeikam, hörte Victoire die Autoradios knistern.

Bald begann sie auch zu anderen Tageszeiten auszugehen, nachmittags, dann sogar abends, aber vorsichtig, wie eine Rekonvaleszentin, und sie lief wie auf rohen Eiern. In dieser Jahreszeit gab es nur wenige Touristen und wenige untätige junge Leute: nur ein paar ältere Ehepaare, manchmal Ausländer, die die Landschaft fotografierten, einander in der Landschaft fotografierten oder einen zufälligen Passanten baten, sie gemeinsam vor diesem Hintergrund zu fotografieren. Dann lächelten sie in ihren Fotoapparat, den sie zugleich bewachten, wobei ihr Lächeln leicht beeinträchtigt war von der Vorstellung, der zufällige Passant könnte unvermittelt mit diesem Apparat die Flucht ergreifen. Manchmal wurde Victoire um diesen Gefallen gebeten, erwies ihn gern, hielt sich aber meist abseits, außerhalb der Bildausschnitte, die sie mied wie verstrahltes Gelände. Sie muß wohl dennoch mehrmals fotografiert worden sein, zufällig hinter einem lächelnden Ehepaar stehend, und sicherlich existieren diese Fotos noch heute.

Wenn die Sonne kräftig schien, verbrachte sie bisweilen auch etwas Zeit am Strand, der wie jeder Strand zur Winterszeit ein weites, leeres, zweckloses Gelände war, tief von den schweren Traktoren des Reinigungsdienstes zerfurcht – ungeachtet dessen hielten sich zwischen den Sandschichten immer noch zahlreiche organische oder menschengemachte Abfälle versteckt, die von den Badegästen in der warmen Jahreszeit zurückgelassen oder von der Flut herangetragen worden waren. Wenige Menschen zeigten sich hier: Eng umschlungene junge Paare oder importierte Pensionäre in Begleitung von großen Hunden, die auf einem Ast herumkauten, oder von kleineren, in eine Trikotpelle gezwängten. Victoire ließ sich an einer geschützten Stelle nieder, fern vom eiskalten Wasser, breitete ein Handtuch aus und eine Zeitung, saß sodann auf jenem und blätterte unter ihrem Walkman in dieser. So konsultierte sie noch eine Zeit lang die Presseerzeugnisse, besorgte sich dann keine mehr, ab dem Tag nach jenem Tag, an dem es an ihrer Tür geklingelt hatte.

Es geschah früh am Vormittag gegen zehn Uhr, rund drei Wochen nach ihrer Ankunft; Victoire erwartete natürlich niemanden. Sie war direkt aus den Federn in die Badewanne gewechselt und blieb schläfrig im auf Bettwärme temperierten Badewasser: Die heisere Klingel neben der Eingangstür unten brachte sie nicht einmal dazu, ein Auge zu öffnen. Man ließ nicht locker, klingelte noch zweimal kurz, schien es dann aufzugeben. Das Läuten endete ohne Nachhall, die ins Wasser eingetauchte Victoire war nicht einmal sicher, dass es tatsächlich geklingelt hatte, zwanzig Sekunden später dachte sie nicht mehr daran.

Als sie am Nachmittag desselben Tages zur Teezeit in der Küche beschäftigt war, stieß ein Luftzug ihr Schlafzimmerfenster auf und warf es lautstark wieder zu. Sie ging hinauf, um den Fensterflügel zu schließen, betrachtete aber zunächst, auf das Geländer gestützt, das leere Meer.

Das nicht mehr lange leer war, denn rechts kam in der Ferne der Bug eines schwarz-roten Frachtschiffs ins Bild. Der in dem Augenblick untätige Funker dieses Frachters betrachtete, auf die Reling gestützt, durch sein Fernrohr die mit Häusern gespickte Küste, die schlaff herabhängenden Fahnen an den Stränden und die Segler mit flappenden, so müde wie alte Vorhänge baumelnden Segeln. Danach beobachtete der Funker mitten am Himmel die zweimotorige Propellermaschine, die ein Reklameband hinter sich herzog, umflogen von Seevögeln, die Zahlen kritzelten, auf einen Hintergrund aus Wolken, die alle gleich aussahen, ein Ei wie das andere. Dann ließ der plötzlich auffrischende Wind die Fahnen trocken knallen, die Segel bauschten sich zu Kugeln, ein Segelboot schlug um, die Zahlen wurden auseinander dividiert, das Reklameband kringelte sich zuckend, und das Fenster wäre beinahe wieder zugeschlagen, während es an der Tür erneut klingelte. Victoire hielt den Fensterflügel fest, lehnte sich lautlos vor, ohne sofort den Eindringling zu erkennen, der mit in den Nacken gelegtem Kopf in ihre Richtung blickte. Wo kommst du denn her?, fragte sie. Mach auf, antwortete Louis-Philippe.

Verblüfft starrte Victoire ihn an, ohne sich zu fragen, wie er sie hatte finden können, ging die Treppe hinunter und machte die Tür auf. Louis-Philippe hatte sich seit ihrer letzten Begegnung ein wenig verändert. Zwar war er immer noch der kleine, schmächtige Mann mit hängenden Schultern, sorgengetränkten Augen hinter dicken Brillengläsern und kummerzerfurchter Stirn, aber er wirkte weniger ausgehungert als sonst und war gepflegter gekleidet. Seine Kleidung war sorgfältig gewählt, also wahrscheinlich nicht von ihm, sie umschmiegte seine Gestalt perfekt, war so sauber und faltenfrei wie japanische Banknoten. Dir scheint es ja glänzend zu gehen, übertrieb Victoire. Na ja, ich esse besser, meinte Louis-Philippe zögernd, ich ernähre mich ein bisschen besser.

Nachdem er eines Abends im Central von Victoires Verschwinden erfahren hatte, hatte Louis-Philippe sich auf die Suche nach ihr gemacht, und da war er jetzt, du kannst dir ja denken, warum ich hier bin. Im Großen und Ganzen, erläuterte er ihr, besagten die Informationen, die er hatte erhalten können, dass Victoire nicht ernsthaft für Félix' Tod verantwortlich gemacht wurde, aber erst mal sei es wohl besser, noch ein bisschen aufzupassen. Sich abseits zu halten, sich möglichst nicht zu zeigen. Ganz zerstreut sei der Verdacht wohl noch nicht. Louis-Philippe würde sie über die Entwicklung der Dinge auf dem Laufenden halten. Er wollte mit seinen Erkundigungen fortfahren. Gleich heute Abend würde er nach Paris zurückkehren. Binnen acht Tagen wollte er sich melden: Unternimm du nichts, bevor du von mir grünes Licht hast. Nachdem er fort war, ging Victoire wieder in ihr Schlafzimmer hinauf, legte sich hin, um nachzudenken, und hörte wieder eines jener bereits bekannten leisen Geräusche, gefolgt von zwei weiteren. Diesmal zunächst als Gong, dann als Plätschern, dann als Knistern welker Blätter. Ihren Ursprung jedoch konnte sie ebenso wenig ausmachen wie die letzten Male.

Um sich an den nächsten Tagen zu beschäftigen, kam Victoire mehrmals auf die Idee, Hausputz zu machen; dabei blieb es aber nicht, das Ausmaß des Projektes nahm ihr den Wind aus den Segeln. Dann wollte sie sich um den Garten kümmern, den Kies harken, das mähen, was einst wohl ein Rasen gewesen war, oder die dürren Triebe der degenerierten Geranien in einen Korb sammeln – aber erstens kannte sie sich mit so was nicht aus, und zweitens fehlte ihr immer das Werkzeug.

Ein weiterer Monat kam und ging, dann begann ihr allmählich männliche Gesellschaft zu fehlen. Entgegen dem Rat Louis-Philippes, der nichts mehr von sich hatte hören lassen, ging Victoire häufiger aus und zeigte sich. Straßencafés, Hotelbars, Fischrestaurants, deren Austernbecken einen Geruch nach Leder verströmten. Doch all das ohne Resultat: Zwar ließen es sich jedes Mal einige Männer nicht nehmen, sie anzusprechen, aber keiner von ihnen passte ihr. Sie musste einen schönen Abend am Hafen abwarten, um einen zu finden.

Gérard, zweiundzwanzig, ein hübscher, sehr schlanker Junge mit vielfältigem Lächeln von wechselnder Geometrie, trug einen abgeschabten nachtblauen weichen Ledermantel, eine schwarze Cordhose und passende Rollkragenpullover, dazu Stiefeletten mit Gummizug am Schaft; er hing mit anderen jungen Männern herum, die Fred oder Carlo hießen, Ben und Gilbert mit seinem Barsoi, und die Mädchen hießen Chris, Gaëlle und Bille, mit der Gérard etwas enger war. Jeden Tag um ein Uhr mittags traf man sich vor derselben Bar. Gérard stellte ihnen Victoire vor, die ein paar Abende mit ihnen zusammen war, in Anbetracht des Gesichts, das Bille zog, dann aber lieber zu Hause wartete, bis der junge Mann, ziemlich spät in der Nacht, zu ihr kam.

Victoire ließ die Tür offen, und wenn Gérard heraufkam, bewirkte die Reibung der Cordrippen aneinander einen gedämpften, körnigen Klagelaut, wie das Gurren einer erstickenden Taube, der immer höher wurde, weil Gérard immer schneller die Treppe hochkam. Er fand sie wach im Dunkeln, ein, zwei Stunden später schliefen sie ein. Am nächsten Morgen überraschte es Victoire, dass Gérard vor ihr aufstand, sie wühlte das Gesicht ins Kissen und wollte dem Schlaf hinterher, so wie man am Bahnhof einem bereits fahrenden Zug nacheilt. Da er sich vor dem Fenster anzog, eine dunkle Silhouette vor dem hellen Rechteck, und Victoire ganz kurz ein Auge geöffnet hatte, blieb dieser Umriss auf ihrer Netzhaut haften, als Negativ weiß auf schwarz, und beim Wiedereinschlafen behielt sie dieses Foto von Gérard eng an sich gedrückt, unter den geschlossenen Lidern.

Trotz allem wurde sie von dem jungen Mann immer noch gesiezt, er hatte mit dem Du Probleme. Selbst wenn sie sich nachts im Bett wollüstig zur zweiten Person Singular hinüberwälzten, genügte eine Kleinigkeit, eine Pause oder Unterbrechung, dass er wieder zum Plural zurückkehrte. Zusätzlich zu allem Angenehmen, das er ihr bereitete, wusste sie auch die Ausflüge im Auto zu schätzen. Gérard war handwerklich begabt und pflegte sorgsam einen ältlichen beigefarbenen Simca Horizon, der noch nicht den Charme des Alten bot und nicht mehr den Komfort des Neuen; er fuhr mit ihr ein paarmal über Land, Strände und Pyrenäen, Tagesausflüge nach Spanien hinüber, Mittagessen in den Berggasthäusern, die wie Punkte auf der gestrichelten Grenzlinie lagen. Bei einer dieser Fahrten, ein Mal, wurde der Wagen von der Polizei angehalten: allgemeine Verkehrskontrolle, Wagenpapiere. Während Gérard in seinen Taschen wühlte, rutschte Victoire tiefer in ihren Sitz, blickte starr geradeaus, eine Hand um den Türgriff gekrampft. Nachdem man sie hatte weiterfahren lassen, bemerkte Gérard, als er sich zu ihr umdrehte, Victoires veränderten Blick, wie, ist was nicht in Ordnung? Nein, sagte Victoire, nein. Sie ziehen so ein Gesicht, meinte Gérard, etwa wegen der Polizei? Nein, wiederholte Victoire, es ist nichts. Er lächelte eines seiner Lächeln, sie schwiegen und redeten zwei Kilometer weiter von etwas anderem.

Louis-Philippe tauchte irgendwann im April wieder auf, jedoch nur für ein paar Minuten, nicht länger. Er wagte sich nicht einmal ins Haus, besprach sich mit Victoire lieber neben seinem Wagen, einem kleinen, banalen weißen Fiat, bei offener Tür und laufendem Motor. Mit abwesendem Blick entschuldigte sich Louis-Philippe, dass er sich nicht früher gezeigt hatte, er nutze die Gelegenheit, dass er hier durch die Gegend komme, um neue Informationen zu bringen. Diese waren nicht üppig. Nichts schien vorangekommen zu sein, die Ermittlungen zu Félix' Tod blieben in der Schwebe, Victoire solle zunächst noch stillhalten und in Deckung bleiben. Wie in Ermangelung eines Besseren wollten sie danach ein Gespräch übers Wetter wagen, als hinten am Wagen ein kurzer trockener Knall zu hören war, gefolgt vom Rieseln gesplitterten Glases. Sie drehten sich um und stellten fest, dass die Rückscheibe des Fiats jetzt von einem rund fünf Zentimeter großen Loch mit kronenartig gezacktem Rand geschmückt war. Auf der Hutablage ruhte zwischen den Securitglassplittern ein Golfball der Marke Titleist n° 2. Mit einem kurzen Fluch steckte Louis-Philippe den Ball in die Tasche und ließ knurrend die Kupplung kommen.

Jetzt endlich begriff Victoire, woher die anonymen Geräusche rührten, die sie seit ihrer Ankunft beunruhigt hatten, und in den kommenden Wochen entdeckte sie im Garten noch weitere Bälle, die über die Einfriedung des Golfplatzes und die Schikanen aus Büschen hinweg aus ihrem Territorium entwischt waren. Als sie erst einmal einen Blick für die kleinen weißen Kugeln mit ihrer Orangenhaut bekommen hatte, schien jede davon die nächste zu erzeugen, als würde ihre Form, einmal identifiziert, erlauben, sie unendlich oft wieder zu erkennen, und später sollte sie noch sehr viel mehr davon auflesen. Sie waren verstreut auf den Straßen zu finden und in den benachbarten Gärten wie nach Zufallsprinzip versteckte Ostereier, sie saßen in Zaunmaschen, warteten in Dachrinnen, schmachteten tief in Gebüschen.

Diese verirrten Bälle trafen bisweilen auch Autos, die sie zerbeulten, und Nachbarn, die sie zu Boden streckten. Victoire gewöhnte sich an, sie aufzusammeln, in die Tasche zu stecken und dann in den Schrank des unbenutzten Schlafzimmers zu tun, über die Betttücher, unter denen sich ihre Ersparnisse verbargen. Erst hob sie nur die Bälle auf, die sie zufällig bei ihren Spaziergängen entdeckte, dann wurde diese Sammlung zu einem vielleicht etwas ausufernden Selbstzweck: Victoire ging nicht mehr vor die Tür, ohne systematisch nach ihnen zu fahnden, sie waren an allen möglichen Stellen gelandet, mehr oder weniger gras- oder erdbeschmutzt und von den Marken Hogan oder Maxfli, Pinnacle oder Slazenger, nummeriert von 1 bis 4, sie wandte den Blick nicht mehr vom Boden. Zwei Wochen verstrichen auf diese Weise, die Tage mit den Golfbällen, die Nächte mit Gérard, der verschwand wie folgt.

In der ersten Nacht, in der er nicht auftauchte, war Victoire nicht zur üblichen Zeit seines Besuchs wach geworden, als hätte sie sein Ausbleiben vorausgeahnt. Etwas überrascht, wachte sie mit leerem Kopf auf und sah sich unvermittelt allein dem heute früh eisengrauen Rechteck des Fensters gegenüber. Ein bisschen überrascht, aber erleichtert, überraschter noch angesichts der Erleichterung, machte sich Victoire einen Kaffee und trank ihn allein auf einem Korbstuhl, den sie in den Garten gezogen hatte, ein Tuch um die Schultern, die Augen starr auf den gewittrigen Himmel gerichtet oder halb geschlossen. Da dieser Himmel nicht dazu einlud, aus dem Haus zu gehen, verbrachte sie den Tag drinnen, machte sich eine Dose warm und ging um halb elf Uhr nachts mit einem Buch ins Bett.

Diesmal wachte sie mitten in der Nacht auf, versuchte, im Dunkeln die Zeit von ihrer Armbanduhr abzulesen, knipste die Lampe an, drei Uhr fünfundzwanzig. Sie machte das Licht wieder aus, machte es sogleich wieder an, denn sie wusste, dass sie nicht wieder einschlafen noch zum Buch noch zum Walkman greifen würde, nichts würde helfen. Victoire stand auf, empfand Bewegungsdrang, durchwanderte rasch alle Zimmer des kleinen Hauses, was nicht lange dauerte, durchwanderte sie zweimal, rückte zwei Stühle an ihren Platz und faltete ein Kleidungsstück, das auf einer Lehne hing, rückte einen Blumentopf zurecht und drei Teller in der Spüle. Zu dieser Nachtzeit entfaltet jedes Geräusch ein Echo, die geringste Berührung verursacht ein Pizzikato, als Victoire mit dem Abwasch anfing, produzierte er eine Sinfonie, der Staubsauger eine Oper, dann begann Victoire äußerst entnervt, alles Stück für Stück und von allen Seiten sauber zu machen: ein gründlicher Hausputz.

Zwei Stunden später war es immer noch dunkel, aber alles wirkte unter dem elektrischen Licht wie neu, denn Victoire hatte wirklich alles gereinigt außer den Fenstern, die nur bei Sonnenschein gut zu putzen sind. Da sie aber immer noch zu aufgewühlt war, um wieder ins Bett zu gehen, unternahm sie eine systematischere Inspektion des gesamten Hauses. Sie bemerkte dabei, wie hektisch sie war, war besorgt und belustigt wegen dieser Hektik, stieß hin und wieder kurze Lacher aus. Einen Schrank nach dem anderen machte sie auf, zog die Schubladen heraus, putzte sie durch, nachdem sie sie geleert hatte, und legte dann den ebenfalls gesäuberten Inhalt an seinen Platz zurück. Erst das Erdgeschoss, dann die Oberetage: erst ihr Schlafzimmer, dann das andere, bis hin zu dem Schrank, in dessen Sockelschublade ihre Golfbälle lagen und ihre Barschaft unter den Laken. Mittlerweile war es fast sechs Uhr morgens.

Doch als sie die Laken herausgenommen hatte, stand sie fast eine halbe Minute reglos da und versuchte zu begreifen, was sie sah. Dann steckte sie ihre Hände tief in das Möbel hinein, mehrfach, als könnte sie immer noch nicht glauben, dass zwar kein einziger Ball fehlte, dafür aber sämtliche Banknoten verschwunden waren. Alles Geld war weg.

Gebadet, geschminkt und parfümiert ließ Victoire sich kurz vor Mittag auf der Terrasse vor einem Café am Hafen nieder. Der Himmel war bedeckt wie am Vortag, die Luft feuchtkühl, die Tische von kleinen Tröpfchen übersät, und niemand außer ihr saß draußen. Victoire wirkte ruhig, obwohl sie sich innerlich immer wieder den Anblick der leeren Schublade vor Augen rief. Augenblicklich waren die Geräusche des Hausputzes einer sehr viel lauteren Stille gewichen. Victoire hatte über das Möbel gebeugt gestanden, sich langsam wieder aufgerichtet, sodann aber gleich wieder darübergebeugt, die leere Schublade aus ihrer Führung gezogen und tief in den Schrank hineingeschaut, als könnte Papiergeld Eichenholz durchdringen. Sie hatte sogar die umgedrehte Schublade geschüttelt, aus der aber lediglich ein paar langsam zu Boden schwebende Partikel gerieselt waren. Dann hatte sie sie wie einen Koffer am Griff in ihr Schafzimmer und ans Fenster getragen, hinter dem es immer noch nicht so recht hell geworden war. Als sie beim Spiegel vorbeikam, war sie stehen geblieben und hatte beim überraschenden Anblick ihres Gesichts die Schublade vor ihre Füße fallen lassen.

Doch jetzt hat Victoire die Kontrolle über sich selber zurückgewonnen, und sie wartet geduldig, ohne dass Gérard wie sonst gegen ein Uhr käme. Die anderen treffen in unregelmäßigen Abständen ein, mehr oder weniger wach, mehr oder weniger zufrieden, Victoire da sitzen zu sehen, die ihnen einen Kaffee lang Zeit lässt, bevor sie sich in aller Ruhe bei ihnen erkundigt, wo sie Gérard wohl finden könnte. Doch weder Fred noch Chris noch Gaëlle können ihr antworten, sie haben ihn selber seit drei Tagen nicht gesehen; übrigens scheint Carlo seither ebenfalls verschwunden zu sein; Bille reagiert ausweichender, mit Rachefunkeln in den Augen, aber die anderen sehen ehrlich aus, der sensible Ben macht sich sogar Sorgen. Später beantwortet Gilbert, der schwieriger aufzutreiben ist, Victoires Fragen genauso wie die anderen, streichelt dabei allerdings seinen Barsoi mit einem Lächeln, das nichts Gutes vermuten lässt.

Wieder im Häuschen beim Golfplatz, zog Victoire rasch Bilanz und kümmerte sich dann um das Finanzielle. Erst die Bilanz: Nichts bewies unabweisbar, dass Gérard etwas mit dem Verschwinden des Geldes zu tun hatte, ebenso wenig eigentlich wie Victoire mit Félix' Tod, doch auch in diesem Fall drängte ein gewisser Verdacht sich auf, musste man ernsthaften Vermutungen nachgehen. Freilich kam für sie nicht in Frage, die Dienste der Polizei in Anspruch zu nehmen, was Gérard ganz offensichtlich begriffen hatte. Als einzige Lösung blieb, diese Gegend zu verlassen und sich in eine weniger kostspielige zu begeben. Die drei Monate Mietzeit waren ohnehin zu Ende, ganz wie der Winter. Zur Schlüsselrückgabe rief sie Noëlle Valade an, die von der Sauberkeit des Häuschens nicht beeindruckt schien, sogar mit der Fingerspitze über den Kaminaufsatz wischte, allerdings ohne ihn zu berühren, wie üblich, beinahe hätte Victoire ihr alles erzählt, was vorgefallen war.

Dann die Finanzen: Da Victoire in ihrem Portemonnaie zweitausendzweihundertundzwanzig Franc zählte, begab sie sich in die örtliche Filiale ihrer Bank, wo sie vorsichtshalber keinen Angestellten ansprach. Ein Automat zur Selbstbedienung lieferte ihr einen Kontoauszug von mäßiger Druckqualität; der Kontostand belief sich auf siebentausendneunhundertneununddreißig Franc. Als sie auf der Tastatur dieses Automaten ihre Geheimzahl eingab, flößte ihr die Vorstellung Furcht ein, diese Eingabe könnte sekundenschnell ihren Aufenthaltsort verraten. Doch keine Hand senkte sich auf ihre Schulter, keine plötzlich aufgerissene Wagentür versperrte ihr den Bürgersteig, als sie wieder rausging. Ihr Haben belief sich an diesem Tag somit auf zehntausend Franc und ein paar Zerquetschte, das ist mehr als nichts, aber wenn keine Aussicht auf mehr besteht, dann ist es nichts.

Statt aber diese Summe auf möglichst viele kommende Tage zu verteilen, damit sie so lange wie möglich reichte, wollte Victoire ihren Lebensstil nicht allzu jäh einschränken. Sie gab sich lieber der Hoffnung hin, dass sich die Dinge irgendwie einrenken würden, und machte sich auf die Suche nach einem ordentlichen Hotel, wo sie die Zeit bis dahin verbringen konnte. Dann würde sie schon sehen. Schlimmstenfalls würde sich immer ein Job als Verkäuferin oder Kassiererin auftun lassen oder ein Liebhaber, der nicht so unehrlich wäre wie Gérard, oder allerschlimmstenfalls musste sie halt ein bisschen auf den Gelegenheitsstrich gehen, wir werden sehen. Wir haben keine Eile. Diese Lösung würden wir tatsächlich nur für den allerschlimmsten Fall erwägen. Erst einmal nehmen wir ein Zimmer im Hotel Albizzia.

Dreihundertzwanzig Franc die Nacht, Frühstück inklusive: auf den ersten Blick das ideale Hotelzimmer, nicht zu groß, relativ niedrige Decke, durch zwei mit Blumentöpfen bestückte Rundbogenfenster fiel seidiges Licht herein. Gebohnertes Parkett, Sitzbadewanne, Fernseher an der Wand, Zusatzdaunenbett und Blick auf einen Garten voll zwitschernder Grasmücken, in bedingter Freiheit wuchernder

Klebsame und einer Reihe domestizierter Platanen. Freilich, bei diesem Tarif wäre das Geld in weniger als drei Wochen dahin, aber die Dame an der Rezeption gab sich beruhigend: Mit ihrem freundlichen Lächeln und dem gutmütigen Chignon schien sie andeuten zu wollen, dass sich darüber reden ließe, nachdem Victoire, die Vertrauen gefasst hatte, ihr ihre Lage geschildert hatte, unter Auslassung mehrerer Details. Doch als Victoire am ersten Morgen, von einem Amselkongress geweckt, hinunterging, erstarrte sie auf der Schwelle des Frühstücksraums, als sie den vor einer Terrassentür sitzenden, sein Croissant in den Kaffee stippenden Louis-Philippe erblickte, der sich, in eine vor ihm entfaltete Zeitung vertieft, die Brille auf der Nase hochschob.

Erstens war Louis-Philippes Anwesenheit im Albizzia unerklärlich, zweitens bewirkte sie eine gewisse Besorgnis. Als er vor einigen Wochen im Häuschen am Golfplatz vorbeigeschaut hatte, da hatte Louis-Philippe, während er die Glassplitter in ein Papiertaschentuch sammelte, gegrummelt, er werde noch am selben Abend nach Paris zurückfahren, ohne etwas darüber zu sagen, ob er wiederkommen würde. Es war nicht normal, dass er in der Stadt war, offenkundig mindestens seit gestern Abend, und nicht bei Victoire vorbeigeschaut hatte. Freilich konnte er andere Gründe für seine Durchreise und diesen Besuch auf heute verschoben haben, freilich. Vielleicht war er auch nach dem Auszug der jungen Frau beim Häuschen gewesen, hatte vor verschlossenen Türen gestanden und würde jetzt fröhlich hallo rufen, wenn Victoire durch den Saal auf ihn zuginge und ihn bei seiner Lektüre überraschte, vielleicht. Victoire aber legte diskret den Rückwärtsgang ein, ging auf ihr Zimmer hoch, packte ihren noch kaum ausgepackten Koffer, verließ das Hotel und stieg in einen Bus, der entlang der Küste nach Norden fuhr.

Diese Straße verläuft fern der Strände, man sieht das Meer nicht, man vermisst es. Gern würde man verfolgen, wie die Wellen entstehen, größer werden und sich brechen, beobachten, wie unendlich aufs Neue eine jede ihre Version, ihre Interpretation der idealen Welle vorführt, man könnte ihren Schwung vergleichen, ihre Konzeption, ihre Abfolge, ihren Klang, doch nein, gegen fünfzehn Uhr stieg Victoire in Mimizan aus. Warum in Mimizan. Warum nicht. Am Ende doch nicht: Zwei Stunden später nahm sie einen anderen Bus nach Mimizan-Plage.

Wir wollen niemanden beleidigen, aber Mimizan-Plage ist doch nicht ganz so schön wie Saint-Jean-de-Luz. Zumindest das Hotel war sehr viel weniger schön. Das Zimmer mit Aussicht auf den Parkplatz kostete nicht viel weniger, der Rezeptionist hatte Ausschlag, das Personal war unaufmerksam und das

Rohrsystem laut: Ein Krachen wie mit dem Rammbock ließ immer wieder die Leitungen erzittern. Da die Rückseite des Gebäudes just neu gestrichen wurde, verstellten Gerüste das Tageslicht, draußen verliefen zwei schräg mit einer Leiter verbundene Etagen und versperrten das Fenster in Form eines Z. Niemand war auf der unteren Ebene zu sehen, aber auf der oberen war ein Mann tätig, von dem man nichts sah und hörte als die unteren Gliedmaßen bis zum Oberschenkel und das Radio. Immerhin fiel auf diese Weise der Parkplatz nicht so ins Auge, aber es war Victoire bald klar, dass sie – der Frühling stand vor der Tür – möglichst viel draußen sein wollte.

Zunächst zu Fuß. Aber die Landes sind eine derart platte Gegend, dass sich der Gedanke an ein Fahrrad geradezu aufdrängt. Nach einem erneuten Kassensturz erlaubte sich Victoire den Kauf eines Gefährts für etwas weniger als tausend Franc in einem Fahrrad-Reparatur- und -Verkaufsladen, dessen Inhaber sie jetzt in der Nebensaison empfing wie eine Befreierin. Um ihre Sachen verstauen zu können, verlangte Victoire einen größeren Gepäckträger als die Standardversion, und in seinem Enthusiasmus baute der Mann ihr dieses Extra kostenlos an. Es war ein verflixt hübsches englisches Fahrrad mit sieben Gängen, rubinroten Rückstrahlern und glitzernden Speichen, mit samtweich gleitender Kette, stierhornförmigem Lenker, olympischem Rahmen, Trommelbremse und Flügelmuttern. Und Teleskop-Pumpe. Und der Tourensattel passte sich wunderbar dem Hintern an. Und die Sonne schien.

Victoire verbrachte die folgenden Tage zur Gänze auf dem Fahrrad. Zwar hatte sie sich das Gefährt zunächst nur besorgt, um spazieren zu fahren, doch vermutlich verlor sie nicht aus den Augen, dass sie es bald für weniger gemütliche Zwecke würde benutzen müssen. Das Freizeitgefährt würde sich zum Nutzfahrzeug wandeln. Also galt es zu trainieren. Nach anfänglichem Gefummel mit der Gangschaltung und Kurvengerutsche auf Splitt beherrschte Victoire das Fahrzeug bald gut; abends stellte sie es in der Hotelgarage unter und fuhr anderntags trotz des Muskelkaters wieder los.

Dennoch sollte sie gut zehn Tage lang in Mimizan-Plage bleiben, so lange, bis sie an den Fahrradtourismus gewöhnt war. Sie hatte mit keiner Menschenseele Umgang, weder mit Händlern noch mit den anderen Hotelgästen, die zu dieser Jahreszeit ohnehin spärlich kamen und nur kurz blieben. In der Nebensaison bewirken der blasse Himmel und die Stille in Mimizan-Plage an manchen Tagen die deprimierende Stimmung eines alten Avantgarde-Films, den man sich nach seinem Verfallsdatum noch einmal ansieht. Victoire durchfuhr die Gegend Tag für Tag, bis sie schließlich nichts Neues mehr zu entdecken hatte und, da ihre Rücklagen zusehends schwanden, aufzubrechen beschloss.

Die Vorbereitung dieses Aufbruchs kostete einen ganzen Tag. Zuerst erwarb sie eine robuste Reisetasche mittleren Formats mit Seitenfächern und Reißverschlüssen, in der sie ihre Ausrüstung unterbringen konnte. Diese zusammenzustellen bedeutete eine Auswahl zu treffen; sich schweren Herzens von manchen Dingen zu trennen dauerte am längsten. Victoire musste insbesondere von einem Kleid Abschied nehmen, von zwei Röcken, drei Blusen, zwei Paar Schuhen und anderen alltäglichen Gegenständen, sie behielt nur das unbedingt Notwendige, Solide, Praktische und Regendichte. Nachdem diese schwere Operation vollbracht war, schloss sie ohne einen weiteren Blick ihre schönen Kleidungsstücke in dem Koffer ein und hinterließ diesen in dem verschlossenen Schrank ihres Zimmers. Mit dem Fahrrad fuhr sie dann ins Landesinnere, auf der Straße Richtung Mont-de-Marsan, die nach dreißig Kilometern die vierspurige Schnellstraße Bayonne–Bordeaux kreuzt.

Wie stets am Rande solcher autobahnähnlicher Straßen standen dort zwei, drei jener unpersönlichen Billighotels, aus deren Fenstern man auf Abfahrten, Mautstellen, Umgehungsstraßen blickt.

Sämtliche Abläufe funktionieren hier ohne menschliche Arbeitskraft, allein mittels Maschinen und Magnetstreifenkarten. Die Laken in diesen Häusern kratzen ebenso wie die Wegwerfhandtücher aus synthetischem Stoff. Victoire wählte das anonymste, einen taubstummen Bau der Kette Formule 1.

Da kein Abstellraum für Fahrräder vorgesehen zu sein schien, nahm sie ein Zimmer im ersten Stock, um ihres bequem hinauftragen zu können. Nur allzu schnell wurde ihr klar, dass es schwierig werden würde, schwieriger noch als in Mimizan-Plage, in diesem Zimmer die Tage zu verbringen, nur in Begleitung des Fahrrads, in dem Geruch des Fahrrads. Sämtliche Einrichtungsgegenstände, die Farben und die wie im Knast an die Wand genieteten Accessoires trieben sie im Gegenteil dazu an, so schnell wie möglich aus ihm zu flüchten, sobald es das Wetter zuließe. Da es sich jedoch weigerte, das zu tun, da der Regen an den folgenden Tagen nur so prasselte, sah Victoire sich zum Bleiben gezwungen. Solchermaßen gefangen und mangels besserer Beschäftigung konnte sie die Profile der Hotelbenutzer erstellen.

Diese Profile beliefen sich auf drei, je nach Aufenthaltsdauer. Bei ein oder zwei Stunden handelte es sich um irreguläre Paare, deren legale Gatten ihnen früher oder später durch die Kreditkartenabrechnung auf die Schliche kommen würden. Bei ein oder zwei Nächten handelte es sich um durchreisende Vertreter, deren Tätigkeit sie allerdings auch durchaus nicht an gelegentlichem Ehebruch hinderte. Bei längeren Aufenthalten schließlich, bei ein, zwei Wochen, einem Monat oder zwei, konnte es ein abgebrannter allein stehender Reisender sein, wie Victoire selbst, oder bisweilen auch ganze abgebrannte reisende Kernfamilien, die sich zu fünft in ein Zimmer zwängten. Wie diese machte Victoire allabendlich einen Kassensturz, wobei sie auf den nächsten Franc aufrundete; sie wartete, bis sie nur noch dreitausend Franc zur Verfügung hatte, um ein billigeres Leben zu beginnen. So sah es nach einer Woche aus, vor dem Schlafengehen: Albizzia: 320; Mimizan: 3080 (11 Tage à 280); Fahrrad: 940; Reisetasche: 230; Formule 1: 1155 (7 Tage à 165); Essen: 950 (19 Tage à 50); Verschiedenes (Hygiene, Aspirin, Fahrradflickzeug): 370; *SUMME*: 7045; *REST*: 3014 Franc, also war es Zeit zu handeln, Victoire verließ das Hotel am nächsten Tag um Punkt zwölf Uhr mittags, ihre letzte Bleibe bis zur letzten Minute nutzend.

In den nächsten Tagen gestaltete sich ihr Alltag auf eine Weise, die sie nie für möglich gehalten hätte. Langsam radelte sie über kleine Straßen, ohne sich aus der Region Landes zu wagen, sie blieb stets in dem Dreieck, das Arcachon, Nérac und Dax absteckten. Tagsüber machte sie an Dorfbrunnen Rast, kaufte in kleinen Supermärkten vakuumverpackten Käse und Aufschnitt, dazu Obst und geschnittenes Brot, ebenfalls in Plastikverpackung, suchte abends dann die billigste Unterkunft. Aber Hotels für unter hundert Franc waren nicht an jeder Straßenecke zu finden, also musste sie zwei weitere Anschaffungen tätigen, Decke und Schlafsack: 360; Michelin-Karten Nr. 78 und 79: 32.

Als sie das erste Mal unter freiem Himmel schlafen musste, war Victoire nicht genügend darauf vorbereitet: Von der früh und schnell hereinbrechenden Nacht überrascht, musste sie sich am Wegesrand auf einer Böschung unter knorrigen Bäumen niederlassen und schlief sehr wenig und schlecht. Den ganzen nächsten Tag verbrachte sie mit der Suche nach einem möglichen Unterschlupf, den sie schließlich am Rande eines kleinen Weilers namens Onesse-et-Laharie fand. Hinter einem alten zum Verkauf stehenden Hotel gab eine schlecht verriegelte Tür Zugang zu einer Remise mit eingebrochenem Fußboden voll schimmelnder Matratzen; die Kopf- und Fußenden hoher Metallbetten zeichneten Gitter an die Wände. Hier konnte Victoire zwei Nächte hintereinander verbringen, doch in diesen Dörfern bleibt man nicht lange unbemerkt, also hieß es keine Wurzeln schlagen.

Sie fuhr, sie irrte über geradlinige flache Straßen,

die in perfektem rechtem Winkel zu den Bäumen verliefen. Der Wald in den Landes ist so natürlich wie ein künstlich angelegter See, er besteht aus parallelen Reihen von Kiefern, jeder Baum sieht genauso aus wie seine Nachbarn, die rechts und links der Straße auf einer geometrischen Schräge stehen. Und da Victoire sich bewegt, bewegen sich auch diese Reihen, ihr Blick erfasst eine nicht endende Bewegung von Perspektiven, einen stets aufs Neue entfalteten Fächer, jeder Baum hat seinen Platz in der unendlichen Vielzahl von Linien, die zugleich fliehen, ein unvermittelt in Bewegung versetzter Wald, von den Pedalen angetrieben. Diese zu Harzlieferanten degradierten Koniferen haben wie ihre Schwestern mit ihrer Unabhängigkeit zugleich auf ihre Identität verzichtet, sogar ihre Ausscheidungen bilden einen Untergrund, als wäre ein diplomierter Schaufensterdekorateur am Werk gewesen: ein blond gemusterter Teppichboden, satiniertes Nadelbett, hier von einem toten Ast geziert, da von einem Kienapfel, flecken- und feuersicher behandelt. Um das Tableau ein wenig zu beleben, sorgt ein Minimum von Biberratten, Ringeltauben, Eichhörnchen und anderem mehr für Diagonalen und lässt Rufe hören, der Wind streicht über den Wald wie über eine Harfe, in der Ferne schluchzen die Motorsägen.

Solange ihre dreitausend Franc für ihren Unterhalt reichten, hielt Victoire sich von größeren Städten fern. Da die Nächte allmählich milder wurden, gewöhnte sie sich schneller als gedacht daran, unter freiem Himmel zu schlafen und stille Plätzchen ausfindig zu machen. Zum Essen war sie an den ersten Tagen in die billigsten Restaurants gegangen, aber das ließ sie schnell sein, weniger um des Geldes als um der Orte willen: Man verlässt ein Restaurant gemeinhin, um nach Hause zu gehen, tut man es, um nirgendwohin zu gehen, fühlt man sich doppelt ausgesperrt. Also gewöhnte sie sich auch daran, allein zu essen und der Welt den Rücken zuzukehren.

Dann nahte der Tag, an dem ihre Mittel gefährlich geschrumpft waren und sie bald erwägen musste, mit dem Herumreisen von Dorf zu Dorf durch den Wald aufzuhören. Sie würde genötigt sein, sich den Städten zu nähern, die größer sind und bevölkerter und wo Menschen ohne festen Wohnsitz weniger beschwerlich über die Runden kommen können. Aber noch nicht jetzt. Sie wollte auf dem Land bleiben, solange es nur ging. Dann geschah auch noch etwas, im Spiegel einer Apotheke, das sie nie für möglich gehalten hätte: Da sie fast keine Kleidung mehr zum Wechseln hatte und auch nichts zum Schminken oder um sich zu waschen und auch kein Geld, um sich etwas zu besorgen, ging es mit ihrem Äußeren bergab. Sie trat näher an den Spiegel heran: Obwohl sie nie etwas in dieser Richtung unternommen und den Gedanken daran immer verdrängt hatte, war nur zu klar, dass es mit diesem Aussehen ein bisschen zu spät war, einen Job oder Ähnliches zu suchen, und am nächsten Tag wurde ihr natürlich das Fahrrad geklaut.

Das Dörfchen namens Trensacq flößt Zutrauen ein und lässt nichts Derartiges vermuten. Victoire hatte ihr Gefährt vor dem einzigen Gemischtwarenladen abgestellt, so lange, wie sie brauchte, um eine Tüte Milch zu kaufen. Doch als sie herauskam, war die Straße verlassen und das Rad nicht mehr da. In einem früheren Leben hätte Victoire Krach geschlagen, wäre zum Beispiel fuchtelnd wieder in das Geschäft gegangen. Auch jetzt noch, wo sie ein bisschen schmutzig und kein besonders schöner Anblick mehr war, wurde sie von den Händlern in der Regel recht zuvorkommend bedient; obwohl sie mit Worten geizte, sprach man mit ihr. Doch so, wie sie jetzt dastand, mit ihrer Kleidung und zerzaust, wie sie war, wagte Victoire nicht, irgendwen als Zeugen zu bemühen, und ging zu Fuß weiter.

Da sie ihr Gepäck fortan von Hand zu tragen hatte, musste sie wiederum Entbehrliches aussortieren. Da sie allzu schmutzige und teils zerrissene Kleidungsstücke nicht zu Geld machen konnte und niemand sie würde haben wollen, ließ Victoire sie neben einem Altglascontainer liegen. Nun besaß sie nur noch ihre Turnschuhe, eine feste Baumwollhose und ein paar übereinander gezogene T-Shirts unter einem Stepp-Parka, aber sie hatte kaum mehr Unterwäsche zum Wechseln, sie wusch sie aus, wann immer es möglich war, nur sind diskrete Wasserstellen eher selten. Sie begann sich per Anhalter fortzubewegen.

Der erste Mann, der sie einsteigen ließ, ein jovialer Typ in einem dicken Renault, er hatte dichtes schwarzes, nach hinten gestrichenes Haar plus den passenden Schnurrbart, trug einen petrolblauen Anzug, ein himmelblau-weiß gestreiftes Hemd und eine bordeauxrote Strickkrawatte. Ein Kettchen mit seinem stilisierten Sternkreiszeichen baumelte über der Krawatte, und am Rückspiegel hing ein überdimensionaler fluoreszierender Schnuller. Versicherungen aller Art, erläuterte er, ich versichere, was Sie wollen, ich versichere die Sachen, an denen die Leute hängen, im Handschuhfach sind Zigaretten, scheint Ihnen ja nicht gerade blendend zu gehen. Geht schon, sagte Victoire, geht prima. Ach ja, meinte der Mann enttäuscht, wollen Sie weit? Die junge Frau deutete zur Seite.

Da haben Sie Glück, da will ich auch hin, sagte eine Stunde später der zweite Fahrer, er saß hinter dem Lenkrad eines schwarzen Lieferwagens, an dessen Rückspiegel ein desodorierender Dufttannenbaum schaukelte. Ich hoffe, es stört Sie nicht, sich neben mich zu setzen, so legte er ihr nahe, sonst würde ich Ihnen schon den Rücksitz anbieten, aber der Sarg, nicht wahr, tja. Ha, lachte er geräuschvoll, keine Sorge, ist eine Leerfahrt heute. Ist sowieso sehr ruhig zurzeit, die Medizin macht so große Fortschritte. Kein Mensch stirbt mehr. Und wo wollen Sie dann hin?

Aber das war es ja, Victorie wusste nicht so recht, wohin. Da sie sich immer noch nicht entschließen konnte, eine Großstadt aufzusuchen, legte sie ihre Route weiterhin auf gut Glück nach der Karte fest, oft nichts anderem als dem schönen Klang der Namen folgend, und wählte mittelgroße Städtchen aus, wo sie stets versuchte, ein, zwei Nächte lang unterzukommen und etwas zu essen zu finden. So kam ein Zickzackkurs zustande, kein sehr planvoller: Es kam vor, dass jemand für sie einen Umweg auf sich nahm, aber es passierte auch, dass sie sich einem Fahrtziel anpassen musste, das eine glich das andere aus. Ihr Weg hatte nichts Zielstrebiges mehr an sich, er ähnelte eher der eckigen Bahn einer in einem Zimmer eingesperrten Fliege.

Es fiel ihr also nicht zu schwer, jedenfalls zu Anfang, mitgenommen zu werden. Meist waren die Männer freundlicher und gesprächiger als die Frauen, die sie einsteigen ließen. Während der Unterhaltung registrierte Victoire neben der Persönlichkeit des Fahrers Marke, Farbe und Innenausstattung des jeweiligen Fahrzeugs, das sie zu einem ungefähren Ziel brachte. In der ersten Zeit achtete sie auf diese Details, dann immer weniger.

Es gab einen Priester am Steuer eines R5 ohne Extras, ohne Radio oder sonst etwas, ganz auf seine Funktion als Fortbewegungsmittel reduziert: Die Sitze waren steil aufgestellt, es herrschte ein Geruch nach Hund, obwohl kein Hund da war. Der Mann trug einen kartonsteifen anthrazitgrauen Anzug über einem mausgrauen Rollkragenpulli, das Revers war von einem kleinen Metallkreuz geziert. Er hatte eine militärisch-leutselige Ausdrucksweise, und er fuhr, wie man eine große Kirchenorgel bedient, mit seinen klobigen Schuhen heftig die Pedale tretend; unter dem Rückspiegel trocknete ein kleiner Zweig vor sich hin. Es gab eine Familienmutter samt drei Kindern, die ihren Seat barsch traktierte. Auf der Windschutzscheibe, die bereits mit den chronologisch übereinander angeordneten Steuermarken der sechs vergangenen Jahre beklebt war, schränkten etliche ökologische und Versicherungsaufkleber die Sicht zusätzlich ein, ganz zu schweigen von den völlig abgenutzten Wischblättern. Victoire saß an eine Tür gequetscht neben zwei Individuen von vier und sechs Jahren, die sich unsystematischen gymnastischen Übungen widmeten. Auf dem Beifahrersitz kniete gegen die Fahrtrichtung ihr älterer Bruder, die Unterarme auf die Lehne gestützt, und starrte die junge Frau unverwandt an. Setz dich richtig hin, Juju, schnall dich an, sagte seine Mutter, bevor sie Victoire ein paar Stunden Hausarbeit und Babysitting anbot, wobei sie sie im Rückspiegel musterte. Victoire bedachte die Brut mit einem grimmen Blick und antwortete kaum. Es gab drei aufgekratzt-verschüchterte Jungs in zerschlissenen Blousons, die sich zu dritt vorn in einem alten Ford Escort drängelten. Victoire saß hinten und betrachtete die ausrasierten Nacken der jungen Kerle, die eng aneinander gepresst saßen und sich nicht umzudrehen wagten, außer dem in der Mitte, der zweideutige Bemerkungen machen wollte, aber von den beiden anderen zum Schweigen gebracht wurde. Es herrschte ein betäubender Geruch nach Benzin und Hund, diesmal aber mit Hund, der still neben Victoire lag und ihr höflichbedauernde Blicke zuwarf, als wollte er aus der Solidarität ausscheren und angesichts des Betragens seiner Herrchen um Nachsicht heischen. Am Rückspiegel hing diesmal ein weißer Plüschfußball mit himmelblauen Feldern.

Es gab andere, und dann ging ihr das Geld vollends aus, das Leben wurde immer bitterer, Victoires

Äußeres ließ allmählich wirklich zu wünschen übrig. Wegen des heruntergekommenen Anblicks, den sie bot, wurde es für sie immer schwieriger, mitgenommen zu werden, und wenn sie auf der Straße Mitmenschen ansprach, war denen sofort klar, dass sie Geld wollte. Manche gaben etwas, die meisten eher nicht, und keiner schien über das Elend dieser schönen jungen Frau zu staunen, dabei ist der Arme sonst doch hässlich.

Mit dem gesammelten Münzgeld ernährte Victoire sich von Schinken im Sonderangebot, Kochkäse, angestoßenem Obst, das nachmittags auf den Marktplätzen liegen blieb, wenn die Händler schon eingepackt hatten. All das aß sie roh und kalt und trank dazu Wasser aus den Brunnen. Und die immer milderen Nächte verbrachte sie jetzt samt und sonders draußen. Sie fand Unterschlupf an abgelegenen, stillgelegten, manchmal verfallenen Orten, und vor dem Einschlafen band sie sich mit einem Faden den Griff der Reisetasche ans Handgelenk. Nur zweimal wurde sie belästigt, einmal von einem ortsansässigen Suffkopp, den sie rasch wieder losgeworden war, das andere Mal von einem Nomaden ihrer eigenen Art, der sie zunächst von einem Gelände verscheuchen wollte, das er für sich beanspruchte, sich dann anders besann und wollte, dass sie bleibe, um sich an ihr zu vergehen. Der Mann war schwach und unterernährt, auch ihn wusste Victoire von sich fern zu halten.

Dieser Vorfall jedoch sorgte mehr als die vorhergegangenen dafür, dass sie beschloss, endlich eine Großstadt aufzusuchen: Am nächsten Morgen zeigte sich die Welt unter einem zinngrauen Himmel von einer noch härteren Seite als sonst, und Victoire, die ein Hinweisschild Richtung Toulouse entdeckte, stellte sich daneben und streckte erneut den Daumen hinaus. Trotz ihres miesen Aussehens blieb bald der erste Wagen stehen, es fing an zu regnen.

Es war ein alter schweigsamer Landwirt im Sonntagsstaat am Steuer eines gepflegten alten Peugeot 605, der sie nur zwanzig Kilometer weit mitnahm und dann vor der Kanzlei eines Notars absetzte, in der er seinen Hof verkaufen wollte. In dem 605er herrschte ein Geruch nach Graupeln und Asche, jedoch nicht nach Hund, obwohl ein Hund mitfuhr, der hinten auf einer Decke lag. Er schlief, und nichts hätte seine Anwesenheit verraten, hätte er nicht des Öfteren im Schlaf geseufzt. Das Haus des Notars stand auf dem flachen Land am Rande einer wenig befahrenen Straße, auf der nur Traktoren und Mofas mit Landarbeitern vorbeikamen, die im Vorüberfahren einen Blick auf Victoire warfen. Dann musste sie sich ein paar Stunden lang gedulden, bis, an diesem öden Orte unerwartet, ein Saab in schiefergrauer

Metallic-Lackierung mit fahlroten Ledersitzen kam, an dessen Windschutzscheibe ein Äskulapstab vom Vorjahr prangte. Am Steuer saß ein einsamer Mann, ebenso stumm wie der Landwirt, sein Schweigen ließ jedoch auf leichte Trunkenheit oder mögliche Verzweiflung schließen. Die voll aufgedrehte Quadro-Anlage sandte Arrangements von Jimmy Giuffre in einen leichten Geruch von Salmiakpastillen und Virginia-Tabak, in den sich von Ferne Parfüm einer verschwundenen Frau mischte. Er brachte sie bis nach Agen, am Spätnachmittag stieg Victoire aus.

Dann begannen die Nacht und der Regen, jene entschlossener als dieser, und ein paar Stunden lang kam gar kein Fahrzeug vorbei, bald war Victoire völlig durchnässt und tappte nur noch im Dunkeln, bis endlich ein kleines weißes Auto auf ihrer Höhe zu bremsen schien. Sie bemerkte es nicht einmal sofort, dann stieg sie wie automatisch in das dunkle Innere. Wollen Sie nach Toulouse?, fragte eine Männerstimme. Victoire nickte, ohne sich ihm zuzuwenden. Sie war triefnass und verstört, wirkte scheu, war wortkarg, vielleicht auch geistig abwesend. Tatsächlich war sie jetzt zu erschöpft, zu verwirrt, um diesen Mann ebenso wahrzunehmen wie die anderen Fahrer. Sie interessierte sich nicht für die Marke des Fahrzeugs, musterte nicht die Ausstattung und ebenso wenig, was diesmal die Windschutzscheibe schmücken oder am Rückspiegel hängen mochte. Noch bevor ihr Haar getrocknet war, schlief sie auf dem Beifahrersitz ein.

Eine Stunde später wachte sie auf von dem Gefühl, dass der Wagen halte. Victoire schlug ein Auge auf und erblickte durch die beschlagene, regennasse Scheibe ein schweres Gebäude ohne Anmut, das an einen Bahnhof denken ließ. Wir sind in Toulouse, hörte sie tatsächlich die Stimme des Mannes, am Bahnhof. Ist es Ihnen recht? Danke, sagte Victoire fröstelnd, öffnete die Tür und zerrte ihre Tasche hinter sich her, immer noch, ohne den Fahrer anzusehen. Dann warf sie die Tür zu, wobei sie sich mit tonloser Stimme gerade noch einmal bedankte, und ging auf den Bahnhof zu. Immerhin war sie ziemlich sicher, Louis-Philippes Stimme erkannt zu haben, der hinter dem Steuer seines Fiats sitzen blieb, nicht gleich wieder losfuhr und wahrscheinlich durch sein erst kürzlich neu eingesetztes Heckfenster Victoire hinterherblickte, die zur Auslage des Bahnhofsrestaurants ging, aus dem schmutzig gelbes Licht quoll und das die ganze Nacht über geöffnet hatte. An der Bar standen ein paar Typen und tranken Bier; in einer Nische neben der Bar standen Videospiele; neben diesen Spielen warnte ein Aushang die Benutzer vor der Gefahr epileptischer Anfälle bei übermäßigem Gebrauch.

Am Bahnhof Toulouse-Matabiau fand Victoire schließlich Freunde. Aber nicht gleich. Zuvor hatte die Macht der Umstände bereits dazu geführt, dass sie mit Leuten in Berührung kam, die wie sie selber kein Obdach hatten, doch sie wahrte lieber eine gewisse Distanz und wagte nicht, mit ihnen ein Gespräch zu beginnen. Übrigens waren nur wenige von ihnen auf dem Land anzutreffen, die meisten bevorzugten die Städte, wo sie einander auf den öffentlichen Plätzen und Märkten, vor Bahnhöfen und Einkaufszentren trafen. Victoire hielt den Austausch mit ihnen lieber gering, während sie von Solidarität sprachen, davon, einander unter die Arme zu greifen und Aktionen zu planen. Es kam vor, dass sie unter dem Einfluss von Getränken in Streit gerieten, es kam auch vor, dass es so schien, als stünden sie unter dem Einfluss von Getränken, ganz ohne dass sie getrunken hatten. Oft waren sie rotgesichtig, sprachen mit zornroter Stimme, schienen auszuholen, aber sie schlugen sich selten. Sie waren spontan gesellig und schienen es nicht zu schätzen, wenn jemand in ihren Lebensumständen sich lieber abseits hielt.

Wegen ihrer Isolation begegnete Victoire allerdings wachsenden Schwierigkeiten, allein schon bei der Nahrungssuche. Eines Tages erwog sie sogar, sich zu prostituieren, woran sie schon einige Wochen zuvor gedacht hatte, aber jetzt war es dafür zu spät: Sie war zu schlecht angezogen, zu schmutzig, nicht mehr präsentabel genug, um auch nur ein bisschen begehrenswert zu sein. Ganz sicher würde kein Passant in Versuchung kommen, allerhöchstens ihresgleichen würde sich auf den Handel einlassen, hätte dann aber natürlich nicht die Mittel, dafür zu zahlen.

Ihresgleichen hielt sich die meiste Zeit in Gruppen auf und besprach allerlei Vorhaben, oder man legte einfach nur Verbitterung an den Tag und grummelte. Sie waren verwirrt, sie pflegten keine Konversation. Solange sie sich am Rande dieser Gesellschaft aufhielt, gab es welche, die Victoire misstrauisch beäugten und wer weiß welchen Verdacht hegten. Obgleich sie auf der Straße saß wie sie, obgleich sie elend war, bot sie offensichtlich in verschiedenen Details nicht das gewöhnliche Profil einer Obdachlosen. Da man das ihr gegenüber mehrfach anmerkte, Hypothesen äußerte und Fragen stellte, beschloss sie schließlich, Kontakt aufzunehmen, um das zu beenden und sich vor den Verdächtigungen zu schützen. Sie hatte die bestehenden Gruppen beim Bahnhof studiert und entschied sich für ein Paar; der Mann hörte auf den Namen Goretex, die Frau auf Lampoule. Goretex schien eine gewisse, wenn auch unauffällige Macht über die anderen zu besitzen, vielleicht war es nicht verkehrt, sich an diese beiden zu halten.

Lampoule war ein abgezehrtes Mädchen mit wässrigen Augen, porösen Zähnen und durchscheinender Haut, durch die man klar und deutlich ihre Adern, Sehnen und Knochen sehen konnte. Ihre Fingernägel litten unter Kalkmangel, aber dafür lächelte sie doppelt so viel wie die anderen. Goretex war doppelt so alt wie Lampoule und verdankte diesen Namen seinem einzigen Reichtum, einem warmen, haltbaren Parka aus ebendiesem Material. Er war ein liebenswürdiger vierschrötiger Mann, recht groß, recht hübsch, dessen Sanftheit allerdings einen Nachteil mit sich brachte: Er war unfähig, böse über jemanden zu reden, so dass der Umgang mit ihm ein bisschen fad war, also verstand Victoire sich besser mit Lampoule. Goretex besaß auch einen namenlosen an einen Strick geleinten Hund, und von diesem Hund ließ er sich mit Papa anreden: Komm zu Papa, Komm mit Papa mit, Frag Papa, ob er dir was zu trinken gibt, Iss schon das gute Futter, das Papa dir aus der Dose geholt hat. Pass auf, sonst muss Papa böse werden.

Von nun an schliefen Goretex, Lampoule und Victoire aneinander geklebt, in ihrer Kleidung, in behelfsmäßigen Unterkünften, auf Baustellen, Abrissbaustellen, aber auch unter einer Plane, einem bemalten Stück Tuch, einer Bahn Plastik und praktisch ohne dass je irgendetwas Sexuelles zwischen ihnen vorfiel. Niemand wusste, woher Goretex jedes Mal, wenn der Hunger sich meldete, unweigerlich tief in einer Tasche die ewig gleichen fünfunddreißig Franc fand, die es Victoire erlaubten, mit Lampoule in den nächsten Billigsupermarkt einkaufen zu gehen.

So verbrachten sie zwei oder drei Wochen in Toulouse, wechselten in andere Städte der Region, der Sommer kam. Es geschah, dass in zahlreichen Orten die Stadtverwaltung, weniger die Bürger als die von ihnen Gewählten, des Anblicks von Nichtsesshaften, die häufig noch zugehörige Tierchen mit sich brachten, überdrüssig wurden; sie mochten es nicht, dass sie ihre wohlgepflegten Siedlungen belagerten, sich in ihren Parks aufhielten, ihren Einkaufszentren, ihren Fußgängerzonen und dass sie an den Tischen vor ihren ach so malerischen Brasserien ihre jämmerlichen Obdachlosenzeitungen feilhielten. Etliche Bürgermeister also ersannen erfindungsreiche Erlasse, die das Betteln und den Aufenthalt im öffentlichen Raum untersagten, das Mitführen von Hunden ohne Maulkorb oder den Straßenverkauf von Zeitungen, unter Androhung von Geldstrafen und Tierheimverbringung, gefolgt von Tierheimgebühr. Kurz, man wollte die Jammergestalten anhalten, hinzugehen, wo der Pfeffer wächst oder egal was wächst, Hauptsache weg. Daher rührte der täglich wachsende Druck, den Victoire und die Ihren erlebten, sich in weniger wichtige Städte zurückzuziehen oder gleich aufs Land zu gehen.

Da Goretex' Hund gleich zweimal nacheinander ernsthaft in Tierheimgefahr geriet, da sie nicht wussten, wie sie die dann fällige Gebühr zahlen sollten, verließen sie nach einer Beratung gezwungenermaßen die Stadt. Auf Lampoules Drängen hin – Victoires Schilderung der Landes hatte sie bezaubert – bewegten sie sich auf den Landstraßen westwärts. Goretex erwartete außerdem viel von der ländlichen Welt, wo seiner Meinung nach immer wieder mal landwirtschaftliche Tagelöhnerarbeiten drin seien. Lampoule lächelte erfreut angesichts dieser Idee, doch in den Dörfern wie auf dem Land bot man ihnen nie eine wie auch immer geartete Arbeit an. Sie irrten ziellos weiter. Trotz Victoires Erfahrung und Ortskenntnis war es jetzt schwieriger, nächtliche Unterkünfte und etwas zu essen zu finden: Zu dritt bleibt man in einem Dorf nicht unbemerkt, man stößt auf Zurückhaltung, aber nicht auf die Sympathie, wie eine einzelne junge Frau sie wecken mag. Weil es keine andere Lösung gab, beging man am Ende, ohne jemandem schaden zu wollen, das eine oder andere kleinere Eigentumsdelikt.

Das erste ereignete sich zufällig, als Lampoule und Victoire eines Nachts auf Erkundung waren und in einem Weiler von tausend früh schlafen gegangenen Seelen einen Unterschlupf suchten. Sie mieden bewohnte Häuser, suchten vielmehr Zugang zu Schuppen oder Remisen, und siehe da, eine Tür, die ihre Neugier geweckt hatte, öffnete sich wie von allein, als sie daran fassten. Sie führte in das Warenlager hinter einem Gemischtwarenladen der regionalen Kette *Guyenne et Gascogne*. Ohne sich abzusprechen, ohne ein Wort zu wechseln, ohne überhaupt nachzudenken, nahmen sie ganz selbstverständlich vier Dosen mit Sardinen und Pâté, zwei Flaschen Rotwein, einen industriell erzeugten Käse und vier Packungen H-Milch an sich. Dann verließen sie schnellstmöglich die Ansiedlung, um die Nahrungsmittel in sicherer Entfernung zu verzehren, am Rande einer Wiese im Dunkeln. Noch nie waren Lampoule oder Victoire oder Goretex so weit gegangen, aber die Einfachheit des Unterfangens regte zur Wiederholung an. Also wurde man rückfällig, sogar am Tage.

Aber umsichtig, nie exzessiv, immer demselben einfachen Muster folgend: Während Victoire den Ladenbesitzer bezirzte, schnappte Lampoule sich ein, zwei Grundnahrungsmittel, stets in geringer Menge, das ging immer. Alles ging, bis zu jenem gewittrigen Abend, als Lampoule zwei Dosen Ravioli nicht richtig unter ihre Jacke geklemmt hatte und, schon auf der Schwelle, eine davon fallen ließ. Ah, verfluchte Scheiße, schrie der Besitzer und kam rasch hinter seiner Kasse hervor. Ah, verfluchtes Scheißgesindel, variierte er und setzte den beiden jungen Frauen nach, die in Voraussicht einer solchen ja immer möglichen Situation wie verabredet in verschiedene Richtungen davongelaufen waren.

Nach kurzer Zeit spürte Victoire, dass zwei der Nachbarn und Kunden, die dem Händler zu Hilfe geeilt waren, zwei dickere, fünfzig oder hundert Meter keuchend und fluchend hinter ihr hergaloppierten. Im Rennen erspähte sie rechter Hand ein an eine Mauer gelehntes Fahrrad, griff im Vorbeilaufen den Lenker, schwang sich in derselben Bewegung auf den Sattel und radelte hastig los. Sie hatte vor ein paar Wochen genügend trainiert und gelernt, diese Maschinen immer besser zu beherrschen. Nur dass das hier ein elender, jämmerlich graugrüner Drahtesel war, mit verstimmter Klingel, rostigen Felgen, scheppernden Schutzblechen, streikendem Dynamo, dezentrierten Pedalen, zahnlosen Ritzeln, verbogener Gabel und halb platten Reifen. Und ohne Pumpe. Und der wacklige Sattel tat scheußlich am Arsch weh. Und es regnete.

Trotz dieser Handikaps nahm Victoire hinreichend Geschwindigkeit auf, so dass sie rasch feststellte, dass die Flüche und Rufe in ihrem Rücken leiser wurden. Unter dem dunklen Himmel, unter den fahlen Straßenlaternen, die hüstelnd angingen, suchte sie eine

Ausfahrt aus dem Weiler, egal in welcher Richtung. Bald fuhr sie an der letzten Laterne vorbei und schoss ins Dunkle. Das Unternehmen war nicht angenehm: Der kleine gelbliche Scheinwerfer erwies sich als völlig nutzlos, bald würde sie gar nichts mehr sehen. Zudem fiel ihr das Haar ins Gesicht, der Regen rann ihr in die Augen und machte sie bald völlig blind, aber sie trat weiter in die Pedale, auf so genauem Kurs, wie es eben ging, alle Konzentration auf den Straßenrand gerichtet, den eine immer wieder unterbrochene, halb verblichene weiße Linie mehr schlecht als recht markierte.

Sie fuhr, Autos blendeten sie, wenn sie ihr entgegenkamen, spritzten sie nass, wenn sie sie überholten, doch in keinem schienen Verfolger zu sein. Nach einigen Hundert Metern wurde es wahrscheinlich, dass man von ihr abgelassen hatte, doch Victoire verlangsamte ihr Tempo mitnichten. Sie war durchnässt bis auf die Knochen, schlotterte, fuhr immer so weiter, nach Leibeskräften, und bemerkte nicht das dreieckige Warnschild, das auf eine scharfe Linkskurve hinwies. Plötzlich verschwand die weiße Linie im Dunkeln, Victoire hatte nicht mal mehr Zeit nachzudenken, ihr Vorderrad rutschte bereits über den Rand eines Grabens, der zwar nicht besonders tief war, doch da ihr Gefährt nach unten wegsackte, wurde Victoire über den Graben hinausgeschleudert, in ein Dornengebüsch, das von einer Absperrung begrenzt war, an die sie heftig mit dem Kopf schlug. Aber nun, irgendwann muss jeder mal sterben, warum nicht jetzt, wo sowieso alles Mist ist, Dunkelheit, Regen, Dornen, Kälte, warum nicht das Bewusstsein verlieren, so, wie man lächelnd die Narkose begrüßt vor einer Operation, die keinerlei Hoffnung bietet. So verschwanden alle Wahrnehmungen und Geräusche – sich verkantende Kette, schabendes Schutzblech, letzter Seufzer der Klingel und endloses Klicken des frei laufenden Rades –, all das verschwand in null Komma nichts.

Victoire kam erst sehr viel später wieder zu sich, weder öffnete sie gleich die Augen, noch erinnerte sie sich an irgendein Detail ihrer Vergangenheit, so, wie sie einige Monate zuvor neben dem toten Félix aufgewacht war.

Sie lag unter einer kratzigen, steifen Decke, die ihr bis unters Kinn gezogen war. Zuerst führte Victoire sich eine Hand an die Stirn, auf der ein feuchter, gefalteter Lappen lag, wie eine Kompresse, sodann meldeten sich Empfindungen, eine nach der anderen, weckten zunächst isoliert die Erinnerung an ihren Ursprung und danach, indem sie sich miteinander verbanden und überschnitten, das Gedächtnis ganz allgemein. Dumpfer Kopfschmerz rief ihr die Absperrung ins Gedächtnis, und langgezogenes Brennen auf den Händen, Schenkeln und einer Wange brachte ihr die Dornenranken in Erinnerung, dann öffnete sie ein Lid einen Spaltbreit. Rings um sie herum herrschte schwaches Licht, gelblich, etwas ranzig, es sei denn, der Eindruck der Ranzigkeit rührte vom Geruch her. Victoire ließ den Blick wandern und erkannte zwei Männer, die unweit von ihr in zwei nicht zueinander passenden Sesseln saßen, rechts und links von einer Petroleumlampe, und sie betrachteten.

Einer der beiden trug auf seinem bloßen Oberkörper einen beigefarbenen Steppanorak mit zerrissenem Ärmel, der andere einen blauen LKW-Fahrer-Pulli, beide trugen erd- und fettbefleckte Blue-Jeans und schwere Bergwanderschuhe. Der Mann mit dem Anorak hatte einen dunklen Teint, hagere Züge und einen lebhaften, ungemütlichen Blick. Der andere war üppiger, weicher, fast kahl, auch er lächelte nicht mit seinen dicken Lippen, und sein Gesicht erinnerte an das des Filmschauspielers Zero Mostel; Victoire war überrascht und kurz auch stolz, dass ihr in diesem Zustand diese Ähnlichkeit sofort aufgefallen war. Beide Männer schwiegen.

Victoire wollte sprechen, doch was sollte sie sagen, außerdem wurde ihr übel, sobald sie die Lippen zu bewegen versuchte, die im Übrigen so trocken waren, dass sie eher wirkten wie schrundige, verhornte

Krusten, Fremdkörper. Sagen Sie einfach nichts, sagte der Hagere leise, reden Sie noch nicht, bleiben Sie ruhig. Sie sind hier vollkommen in Sicherheit. Der andere war aufgestanden und hatte einen Wasserkessel von einem Butangaskocher genommen, der zwischen zwei Metallkisten eingeklemmt war.

Victoire schüttelte den Kopf – doch durch diese Bewegung schien ihr ganzer Körper hintenüberzukippen –, schloss die Augen – was das Schwanken noch verstärkte –, öffnete sie dann wieder; vorsichtig sah sie sich um. Sie lag auf einer Matratze, die ihrerseits auf gestampftem Erdboden lag, in einem kleinen, niedrigen Raum, einer Art Hütte mit Wänden aus aneinander gefügten Eternit-, Gipskarton- und Faserplatten. Fromme und profane Bilder, die Letzteren ausgeschnitten aus geografischen, pornografischen und Sportzeitschriften, schmückten ihre Oberfläche neben Musterstücken von Tapeten. Das Mobiliar bestand aus Kisten verschiedenen Formats, dazu einer weiteren, größeren Matratze vor der gegenüberliegenden Wand, aber auch aus einigen beschädigten und geflickten Sesseln und Tischchen. Am Boden lag allerlei Küchen- und anderes Werkzeug herum, Stoffstücke, auf der Grenze zwischen Kleidung und Lumpen, Plastiktüten mit Werbeaufdruck für Schuhe, ein auf elf Uhr stehen gebliebener mechanischer Wecker, ein Radio, aus dem eine Gabel ragte, deren eine Zinke im Fuß einer abgebrochenen Antenne stak.

Zero Mostel brachte eine Kaffeeschale und gab sie dem Hageren, der Victoire langsam und in kleinen Schlucken daraus trinken ließ, nach und nach, er hielt ihr dabei den Kopf. Es schmeckte ungefähr wie Hühnerbouillon aus der Tüte, offenbar mit ein paar Kräutern gewürzt. Es war warm, es strömte ihr langsam und gleichförmig in den Körper, fast sofort danach schlief Victoire wieder ein. Als sie die Augen wieder aufschlug, vielleicht tags darauf, war sie allein. Ein von einer Plastikplane verhängtes Loch in der Wand ließ die strahlende, hoch am Himmel stehende Sonne erahnen. Die Tür der Hütte ging auf, aufgedrückt vom Hageren, der in der Öffnung stehen blieb, einen toten Hasen bei den Ohren gepackt. Victoire und dieser Mann wechselten einen kurzen Blick, dann lächelte der Mann, ergriff ein langes Ausbeinmesser und trennte dem Tier mit einem raschen Schnitt den Kopf ab, der ihm auf die Schuhe purzelte, und Victoire fiel abermals in Ohnmacht.

Der Hagere hieß Castel, Zero Mostel hieß Poussin. Castel und Poussin hörten beide auf den Vornamen Jean-Pierre, also wäre es einfacher, erwog Poussin, während er bei ihrem nächsten Erwachen Victoires Kissen aufschüttelte und Castel den Hasen zubereitete, uns bei den Nachnamen zu rufen. Sonst finden wir uns nicht mehr zurecht. Poussin schien weniger barsch als Castel, sein Auftreten war nicht so brüsk: Als Victoire allmählich wieder zu Sinnen kam, fühlte sie sich bei ihm etwas sicherer.

Die beiden Männer waren um die fünfzig, legten Landstreichermanieren an den Tag, aber sie äußerten sich mit einer Genauigkeit, die, zumindest galt dies für Poussin, nicht frei von einer gewissen Geziertheit war. Castels Stimme war etwas rau, gefriergetrocknet, trocken wie die Fehlzündung eines kalten Motors, während Poussins rund klang, geschmiert, seine Partizipien glitten und rutschten wie Ventile, und seine Adverbialbestimmungen schwammen in Öl. Sie lebten ohne Geld fern der Menschheit und ernährten sich von Resten, die sie nachts auf Müllkippen und in nahe gelegenen Mülltonnen fanden, manchmal auch von kleinen Tieren, die sie zu fangen verstanden, Hasen, aber auch Igeln und sogar Eidechsen, und sexuell schienen sie einander zu genügen. Und das ist auch gut so für Sie, wie Poussin eines Tages Victoire gegenüber bemerkte. Denn sonst hätten wir Sie sicher vergewaltigt, und was hätten wir dann hinterher mit Ihnen tun sollen?

Sie führten diese Existenz seit drei Jahren, bislang hatte niemand sie gestört. Nachdem dieselbe Fabrik für Elektroteile, in der sie schlecht bezahlte Tätigkeiten ausübten, sie freigestellt hatte, waren sie übereingekommen, sich lieber aufs Land zurückzuziehen, als arbeitslos in der Pariser Region umherzuirren. Da ihre Mittel es ihnen nicht erlaubten, diesen Plan auf bürgerliche Weise umzusetzen, hatten sie nach langen Fußmärschen und gründlicher Erkundung der Gegend, deren Klima ihnen zusagte, diese isoliert liegende Ruine entdeckt. Sie hatten sie in Besitz genommen, wiederhergestellt, eingerichtet, so gut es ging, und obgleich die erste Zeit, wie Poussin klagte, ein bisschen hart gewesen war, hatten sie Gefallen an dem Ort gefunden und sich hier eingelebt. Victoire ließ sich von dieser Schilderung dazu inspirieren, eine eigene zurechtzuspinnen, die ihre Lage erklären konnte. Scheidung, Entlassung, Pfändung, kleinere Delikte, Landstreicherei, Konflikte mit dem Strafgericht und zielloses Herumtreiben. Tja, schloss sie, wie es aussieht, bin ich gründlich vom Weg abgekommen. Das ist nicht unbedingt so schlimm, sagte Poussin. Wenn wir nicht manchmal vom Weg abkommen, können wir auch keine neuen Wege finden.

Mit ihm verstand Victoire sich besser als mit seinem Freund, er hatte ihre Wunden nach dem Fahrradunfall gepflegt, dann das Fahrrad repariert. Mit ihm blieb sie die erste Zeit über vorwiegend im Haus, während Castel angeln und jagen ging und auf die Suche nach dem Rohmaterial oder den Resten, die Poussin dann zubereitete; man plauderte. Dann entspannte Castel sich allmählich und nahm Victoire auf seine Expeditionen mit, wodurch sie ein paar grundlegende Techniken erlernte, Amseljagd mit Pfeil und Bogen, Gründlingfischerei mit bloßer Hand, Fallenherstellung mit drei großen Steinen und zwei Stöckchen, in prekärem Gleichgewicht angeordnet, alles vom Gesetzgeber untersagte Methoden. Sie informierte sich über die Sicherheitsvorkehrungen, die es bei der Ausübung dieser Aktivitäten zu treffen galt, denen sie während der Schonzeit und in Schutzgebieten ohne Erlaubnis und mithilfe verbotener Geräte nachgingen. Gemeinsam besuchten sie des Nachts Müllkippen und Baustellen, organisierten einen Topf Farbe, einen Sack Zement, Sessel und Tischlein, die Poussin dann instand setzte.

Aus Gründen der Vorsicht, also aus Prinzip, griffen sie nur selten auf widerrechtliche Aneignung zurück und taten das strikt nur bei Gütern, die man einfach neu benötigt, die nicht durch ihr gebrauchtes Double ersetzbar sind – im Großen und Ganzen sind das ziemlich wenige Dinge, weniger, als man annehmen würde. Grundnahrungsmittel, Rasierklingen, Kerzen, dann und wann ein Stück Seife. Für alles andere konnte man sich mit Second-Hand-Ware behelfen. Sogar bei Schuhen, die die Leute halb neu oder manchmal sogar völlig neu wegwerfen, auch wenn es nicht immer unbedingt die passende Größe ist; sogar bei fast noch jungfräulichen Batterien in entsorgten Fernbedienungen. Für Victoires Bedarf indes kam es vor, dass man sich ausnahmsweise einmal von einer Wäscheleine an zum Trocknen aufgehängter Unterwäsche bediente. Und abends spielte man Karten und hörte dazu Radio, Musik, Sportsendungen, man verfolgte die Nachrichten.

Victoire hatte in den vergangenen Monaten nicht viel Zeitung gelesen. Im Häuschen am Golfplatz hatte sie darin, ohne sie zu finden, einzig Nachrichten über Félix gesucht und sich mit der Lektüre der Überschriften begnügt. Später hatte sie sie zusammen mit Lampoule oder allein an den Auslagen der Kioske überflogen oder bisweilen die Tageszeitung von vorgestern entdeckt, die aus einem Papierkorb ragte oder auf einer Bank lag, kaum gelesen, da der Mensch im Sommer die Nachrichten weniger intensiv verfolgt. Der Mensch weiß, dass seine Oberen das wissen und seinen Schlaf nutzen, um große Manöver zu vollführen, gegen die er keine Einwände mehr erheben kann, wenn er schlaftrunken erwacht und nur noch die neuen Chefs begrüßen und die neuen Tarife bezahlen kann. Doch obgleich Castel und Poussin fern der Welt lebten, behielten sie diese im Auge. Auf diese Weise erfährt man, wann die Angelsaison beginnt. Früh am Morgen dieses Beginns nahm Castel Victoire an einen klaren Weiher in der Nähe mit; das Gewässer war oval wie ein Handspiegel und setzte sich fort in einem schmalen Kanal von der Form des Griffs eines Handspiegels, und man fing zwei Schleien.

An den folgenden Tagen verbrachte Victoire einige Zeit an diesem Weiher, an dessen Ufer hohe Pappeln emporragten, mit Laub, das so kompakt war wie ein Riesengebüsch; sie setzte sich an das gegenüberliegende Ufer. Im Sommer regt sich meist kein Lüftchen in diesen Bäumen, die wie die Könige auf Spielkarten im Wasser verdoppelt erscheinen, in dessen Tiefe allerlei Hechte, Barsche und Zander hin und her flitzen, sich ohne Waffenruhe verfolgen und bedrohen, sich ohne Gnade paaren und verschlingen. Manchmal wirbelt ihr Verkehr die Oberfläche ein wenig auf, so dass, diskret wie unter einem leichten Hauch, das Spiegelbild der Bäume in Bewegung gerät – als würde der Teich in seiner Sorge, sie allzu reglos zu sehen, den Himmel ersetzen, indem er die Illusion von Wind erzeugt. Manchmal ist es auch das Gegenteil, echter Wind fährt in die Bäume, heftiger aber noch übers Wasser, und ihr Bild, allzu sehr bewegt, wird derart unscharf, dass es wieder reglos scheint, als könnten diese Pappeln sich bei keinem Wetter mit ihrem Spiegelbild einigen.

Mitte August schüttelte der Wind sie öfter, stärker, es regnete, Poussin merkte an, so sei es jedes Jahr, am fünfzehnten schlage das Wetter um. In der Tat war es Spätsommer und Endsommer, die letzte Etappe dieser Jahreszeit: Zwar ist es manchmal noch sehr heiß, aber man spürt, dass es nicht mehr so richtig bratzt, der Motor hat keinen Saft mehr, diese Hitze ist nur noch der Schweif eines Kometen im freien Fall, ein Auto, dem das Benzin auf einer Gefällestrecke ausgegangen ist, man spürt die kühle Perforation am Saum der hohen Temperaturen, man sieht, dass die Schatten länger werden. Da das Leben bei den beiden Männern Victoire an Ferien erinnerte, Ferien unter härteren Bedingungen, aber doch Ferien, ließen die Vorzeichen des Herbstes an die Heimreise denken, an die Frage der Heimreise. Da sie diese Frage verdrängte, gab offenbar ein Jäger die Antwort.

Offenbar hatte ein Jäger, der es satt war, überall Schlingen und Fallen zu finden, begonnen, die Gegend zu überwachen, er entdeckte schließlich Castel und benachrichtigte irgendwelche Obrigkeiten, denn eines kühlen Septembermorgens, man stand gerade erst auf, man sprach noch nicht viel, man brühte den Kaffee und schob das Zähneputzen auf, da wurde ein blauer Polizeitransporter durch das ihm vorauseilende Motorengeräusch angekündigt. Victoire war nur halb angezogen und noch in der Hütte, als er auftauchte: Eben noch Zeit, eine Jacke überzuziehen und in die Schuhe zu schlüpfen, und der Wagen hielt, eben noch Zeit, sich eine Tasche zu greifen und zwei, drei Sachen hineinzustopfen, und zwei Männer stiegen aus, und sie nutzte den Umstand, dass sie zuerst auf Poussin zugingen, der in die Kulisse pinkelte, um aus der Hütte zu schlüpfen, als sich der erste tote Winkel ergab. Aus der Tür, an der Wand entlang, pochendes Herz und Zehenspitzen, sie gelangte in den nahen Wald. Noch wenige welke Blätter drohten ihre Schritte zu verraten, aber sie ging erst sehr langsam zwischen die Bäume und hielt den Atem an, dann, als sie den Abstand für ausreichend hielt, rannte sie zu schnell und wohl auch zu lange, bis sie auf eine erste Straße stieß und dann auf eine zweite und schließlich auf noch eine, an deren Rand ein alter, abgenutzter gelb-weißer Kilometerstein stand. Victoire ließ sich auf diesem Kilometerstein nieder und schnürte sich die Schuhe zu.

An den folgenden Tagen orientierte sie sich mangels Landkarte irgendwie, an Wegweisern und ohne genaues Ziel. Manchmal wanderte sie nachts, schlief am Nachmittag, fand weggeworfenes Brot, verschmähtes Gemüse und eine Plastiktüte, deren Henkel sie verknotete, um das andere darin zu transportieren. Victoire wurde schmutzig, war bald abgerissen, immer mehr Leute schienen immer weniger Lust zu haben, sie mitzunehmen, umso mehr als sie, wenn sie mitgenommen wurde, nicht so recht zu sagen wusste, wo sie hinwollte. Um das Maß voll zu machen und damit man sie in Ruhe ließ, fing Victoire an, sich wie eine Zurückgebliebene aufzuführen, so, wie sie sich so jemanden vorstellte, und tatsächlich wurde sie häufig für eine gehalten. Es kam vor, dass sie Selbstgespräche führte, oft in Form von Antworten, auch detaillierten, manchmal aber auch einsilbigen, Antworten auf Interviews, mündliche Prüfungen, Vernehmungen; die Fragen hörte man nie. Sie reiste per Anhalter nur noch im Dunkeln, denn sie war der Meinung, dass ihr Äußeres weniger abschreckend wirkte, je weniger es sichtbar wäre.

Es kam auch vor, dass am dritten Abend ihrer erneuten Einsamkeit – Victoire wanderte immer noch am Straßenrand entlang, hielt unentschieden den Daumen hin und drehte sich nicht einmal nach dem ersten Motorengeräusch um –, das Licht von Scheinwerfern ihr leicht den Rücken wärmte, der Wagen aber fuhr vorbei, ohne zu bremsen. Als sie einen Blick nach ihm warf, meinte sie ein eher älteres Fahrzeug zu erkennen, vom selben Typ, wie Gérard eines gehabt hatte, doch konnte sie – zu schnell, zu dunkel – das Innere nicht erkennen. Sie blieb stehen, die Rücklichter wurden sehr schnell kleiner und verschwanden hinter einer scharfen Kurve; es war zwar unmöglich, dass der Fahrer sie nicht gesehen, aber wenig wahrscheinlich, dass er sie erkannt hatte. Victoire ging weiter.

Sie bemühte sich, nicht langsamer zu werden, als sie nach der scharfen Kurve den Simca Horizon sah, der mit abgeschaltetem Motor und angeschaltetem Standlicht am Straßenrand wartete. Victoire musste sich zwingen, normalen Schritts an ihm vorüberzugehen, mit üblicher Haltung und abwesendem Gesicht, doch als sie auf seiner Höhe war, legte die herabsinkende Scheibe eines von Gérards Lächeln frei. Ich war nicht sicher, dass Sie es sind, sagte Gérard, ich habe nicht gleich gebremst, und Victoire antwortete nicht. Das ist eine große Überraschung, fuhr er fort, das freut einen doch. Der Blick, mit dem er sie anschaute, und das breiter werdende Lächeln verrieten weniger Freude als Belustigung, Victoire wandte sich ab, um weiterzugehen, aber Moment, warten Sie, sagte Gérard, wo gehen Sie denn hin, kann ich Sie irgendwohin mitnehmen? Steigen Sie schon ein, sie stieg ein.

Abgesehen davon, dass er neu und von besserer Qualität war, trug Gérard den gleichen Mantel wie damals, aus demselben Material, von derselben Farbe, und Victoire überschlug rasch seinen Preis, dann das Verhältnis dieser Summe zu der ihr gestohlenen. Gérard fuhr los, und man legte gut zehn Kilometer zurück, bevor er bremste, den Wagen in die

Zufahrt zu einer Privatstraße lenkte, Motor und Scheinwerfer abstellte und sich zu der jungen Frau drehte. Wir reden ein bisschen, sagte er, wir unterhalten uns. Als er Victoire die Hand auf den Unterarm legte, reicherte sein Lächeln sich im Dunkeln um eine weitere Nuance des Vergnügens an, aber lassen Sie mich in Ruhe, schrie Victoire und riss den Arm zurück, en passant fiel ihr auf, dass das der erste Satz war, den sie am ganzen Tag geäußert hatte. Na, na, sagte Gérard. Mich in Ruhe, wiederholte Victoire verwirrt. Gab auch schon mal andere Töne, erinnerte er. Mein Geld, sagte Victoire, und Gérard unterbrach sein Lächeln nur, um ein erstaunlich fröhliches Wiehern loszulassen. Was für Geld denn, schrie er seinerseits und hob mit Clownsgrimasse die Handflächen hoch, Victoire sagte noch einmal mein Geld, mein Geld, dass du mir, während er noch immer lachte. Aber ich doch nicht, woher denn, Gérard fing sich wieder und setzte ein gütiges, speziell dem Gebrauch im Umgang mit Zurückgebliebenen vorbehaltenes Lächeln auf. Und selbst wenn ich es getan hätte, hätten Sie keinen Beweis. Ich weiß es, sagte Victoire, du weißt, dass ich es weiß. Bitte, sagte Gérard, wenn Sie so sicher sind, dann gehen Sie doch zur Polizei, was, warum gehen Sie nicht zur Polizei, fühlen Sie sich bei mir nicht wohler als bei der Polizei?

Mit diesen Worten legte er Victoire eine Hand auf die Schulter, die andere an die Taille und versuchte, sie an sich zu ziehen und dabei ihre Arme festzuhalten, und kurz bevor er sie auf diese Weise fixieren konnte, hatte Victoire gerade noch Zeit, mit zwei starr zum V gezückten Fingern nach seinen Augen zu stechen und schleunigst die Tür zu öffnen. Sie ließ den Mann allein schreien und grässlich fluchen und floh wieder einmal in den Wald, ins Gebüsch, in die Dornenranken und ging bis zum Morgengrauen den Straßen aus dem Weg, aus Furcht, sie könnte wieder auf ihn stoßen, zitternd, und erst am Morgen fiel ihr auf, dass sie die Plastiktüte in seinem Wagen vergessen hatte.

Später an diesem feuchten Mittseptemberdonnerstag – der Herbst war nun deutlicher geworden – war Victoire zunächst von einem Tierarzt, dann von einem freundlichen Sportartikelhändler mitgenommen worden, der irgendwo auf dem platten Land vor einem trübe beleuchteten Getränkeausschank angehalten hatte. Er hatte ihr angeboten, ihr was Heißes auszugeben, sie könne es sich aussuchen, Milch oder Tee, hatte etwas mit ihr getrunken und war dann wieder in dem schlechten Wetter davongefahren, Victoire war allein sitzen geblieben. Trübe beleuchtet, aber bereits überheizt war dieser Ausschank: Der Gasradiator nahe der Bar stand auf höchster Stufe, gestreiftes Wachstuch lag auf den Tischen, steife Vorhänge hingen an den Fenstern, und eine unvollständige Kollektion Flaschen harrte geduldig hinter der Bar über sechs Postkarten, die nie sehr weit weggeschickt wurden und hier hinter einer kleinen Reihe Trophäen mit Reißzwecken angeheftet und von Fliegen angeschissen waren. Es roch nach häuslicher Küche und Natron, Lebkuchen und alter Wurst.

Wenige Menschen, ein Wirt, der immer wieder verschwindet, in seinen Keller, in seinen Hof, als wäre er allein, und außer Victoire zwei Gäste, der eine, Dauergast und struktureller Stützpfeiler des Hauses, steht an der Bar, der andere, ein vorbeireisender Zufallskunde, sitzt. Man schweigt. Manchmal sagt der Strukturelle etwas zum Wirt, um die Stille zu möblieren, der Wirt antwortet nicht, wenn er denn im Raum ist, dann zum Konjunkturellen, der sich mit Nicken begnügt. Eine Uhr sorgt für Überbrückung der Pausen, gemeinsam mit dem Thermostaten des Gasradiators, der in zyklischen Abständen kurzes, dumpfes Puffen ausstößt. Es ist warm, zweimal kommt eine Frau herein und geht wieder hinaus, sagt jedes Mal etwas, vielleicht dass es zu warm ist, ohne dass man genau verstünde, was sie sagt und zu wem. Schließlich bricht der Zufallsgast auf und verstummt der Dauerkunde, er dreht sich nicht mal um, als die Tür aufgeht. Herein kommt Louis-Philippe.

Da sie unvermittelt aus der feuchten Kälte draußen in den Brutofen des Ausschanks kamen, beschlugen Louis-Philippes Brillengläser, sobald er die Schwelle überschritten hatte. Er nahm sie nicht ab, um sie abzuwischen, sondern durchquerte das Etablissement, ohne dass man seine hinter tragbarem Nebel verborgenen Augen hätte sehen können. Nachdem er an der Bar angelangt war und seine Bestellung aufgegeben hatte, orientierte Louis-Philippe seine blinden Gläser in den Gastraum, richtete sie auf Victoire, kam auf ihren Tisch zu und setzte sich ihr gegenüber. Dann verdampfte der Dunst allmählich, symmetrisch auf beiden Gläsern von der Mitte her, und Victoire sah zuerst nur die schwarzen Pole der Pupillen, dann nach und nach die Iris und das Weiße. Louis-Philippe wartete, bis seine beiden Augen vollständig sichtbar waren, bis hin zu den rittlings über der Fassung sitzenden Brauen, dann begann er zu sprechen.

Die Affäre Félix sei abgeschlossen, teilte er mit, man könne sie getrost vergessen. Man habe sie zu den Akten gelegt und Victoire von jeglichem Verdacht freigesprochen. Zwar habe ihr Verschwinden zunächst Misstrauen erregt, aber man habe nur sehr kurz erwogen, Ermittlungen gegen sie aufzunehmen. Kein regelrechter Verdacht, nicht mal Vermutungen: sie könne jetzt nach Paris zurückkehren. Ich kann dir nicht anbieten, dich hinzubringen, ich fahre in die andere Richtung, nach Spanien. Die ganze Zeit, während er sprach, betrachtete Victoire Louis-Philippe mit unbeteiligter Miene und ohne den Eindruck zu erwecken, sie verstünde alles so richtig. Dennoch erreichte sie noch am selben Abend über Straßen zweiter Ordnung Bordeaux, stellte sich dort an der Autobahnmautstelle auf, und zehn Stunden später war sie in Paris.

Ein purpurroter Scania-Sattelschlepper hatte sie am Autobahnabzweig Richtung Metz abgesetzt, von dort marschierte Victoire bis zur Porte de Bercy, folgte dann dem Bogen der nach den Marschällen benannten Boulevards bis zur Porte de Montreuil, bog dort nach links in die Rue d'Avron Richtung Place de la Nation, ging dann rechts, immer nordwärts und dem Verlauf der Metro folgend, auf dem Mittelstreifen der Boulevards, die am Friedhof Père-Lachaise vorbei durch Belleville zur Place de Stalingrad führen.

Nach der von Buden und Rummelattraktionen eingenommenen Place de la Chapelle folgte Victoire dem Boulevard Rochechouart, dann dem Boulevard Clichy, ohne je den Mittelstreifen zu verlassen, eine Mole zwischen den in entgegengesetzte Richtungen dahinschießenden Fluten der Automobile. Diese von Bänken und Bäumen möblierte Mole ist bevölkert von müßigen Männern, älteren Männern, eingewanderten Männern, Männern, die bisweilen alles drei auf einmal sind, alle sitzen sie auf diesen Bänken unter diesen Bäumen und schauen zu, wie welkes Laub und zerknüllte Papiere ihnen um die Füße flattern. Dort, wo der Boulevard des Batignolles die zur Gare Saint-Lazare führenden Geleise überquert, schien eine Idee Victoire zu beschleichen oder in ihrem Geist Gestalt anzunehmen, denn ab hier ging sie schnellen, sicheren Schritts. Noch einmal nach links in die Rue de Rome, diese hinab, Blicke nach den Geigen in den Schaufenstern, bis zum Bahnhof.

Unter Decken aus bemaltem Holz, metallenen Sprossen und Drahtglas liegt die Wandelhalle der Gare Saint-Lazare da, ein langgestrecktes Rechteck, an den Längsseiten mit Fahrscheinautomaten gespickt. Die westliche Querseite wird von dem Snack Saint Lazare Brasserie eingenommen, die östliche von einem zweidimensionalen und das Gedenken der für Frankreich gestorbenen Eisenbahnmitarbeiter ehrenden Mahnmal. Vor dem Snack, neben einem Glaskäfig, in dem zwei in schwarzes Plastik gekleidete Wachleute mit Telefonen am Gürtel sitzen, befindet sich der Verkaufsraum für Fahrscheine im Fernverkehr, ihn betrat Victoire.

Eine Uhr und zwei Videobildschirme schmücken diesen Saal, außerdem eine schematische Frankreichkarte, deren Herz von einem perspektivisch dargestellten Triebwagen eingenommen wird. Victoire ging zum Schalter 14, vor dem sich, wie eine Wolke, immer dieselbe und stets eine andere, eine Warteschlange unaufhörlich erneuerte. Die Schalterbeamten saßen hinter Glasscheiben, die durch einen lavendelfarbenen Vorhang geschützt und in der Mitte mit einem runden Loch versehen waren. Die Reisekandidaten beriefen sich durch dieses Loch auf einen Katalog von Ermäßigungen, um ihre Hin- und Rückfahrten zu günstigeren Bedingungen zu erhalten. Ohne ihnen mehr als einen knappen Blick zu gönnen, gaben die Schalterbeamten die Anfrage mittels einer Tastatur ein und nannten sodann den Preis der Leistung. Victoire nahm ihren Platz in der Schlange ein, und als sie an der Reihe war, sagte sie halblaut den Namen Louise.

Die junge Frau auf der anderen Seite der Scheibe hob jäh den Kopf und sperrte die Augen auf. Was machst du denn hier, fragte Louise. Alles in Ordnung, sagte Victoire, wirklich alles in Ordnung. Louise betrachtete Victoires Kleidung, ihr Haar, dann ihren Gesichtsausdruck, ihr schien eine Bemerkung auf der Zunge zu liegen, sie besann sich aber anders und sagte nichts. Ich werd dir's erklären, sagte Victoire. Hör mal, sagte Louise und deutete mit der Augenbraue auf die neue Schlange, die sich bereits hinter Victoire gebildet hatte, ich hab nicht viel Zeit, was brauchst du? Wo fährst du hin? Bekommst du eine Ermäßigung? Nein, sagte Victoire, ich fahre nirgendwohin. Eher komme ich zurück. Ich werde dir alles erklären, versprach Victoire nochmals, aber könnte ich heute bei dir schlafen, nur die eine Nacht? Das passt gerade nicht so gut, sagte Louise, ist ein bisschen schwierig. Ich lebe jetzt mit Paul zusammen, weißt du noch, Paul, du weißt ja, wie der ist. Und du weißt ja, wie das mit der Liebe so ist, immer dasselbe, entweder Mitleid oder Nabelschau.

Es ist überraschend, dass dieses runde Loch in der Glasscheibe, entworfen zum Austausch strikt eisenbahnbezogener Informationen und von einem sehr viel regelmäßigeren Umriss als jenes andere Loch, das Victoire vor einem halben Jahr in Louis-Philippes Auto hat entstehen sehen, solcherlei Ansichten hindurchlässt, ohne dass das ganze System explodiert. Versuch's doch mal bei Lucien, schlug Louise vor, hast du seine Adresse? Ich glaube, Victoire überlegte, irgendwo im Dreizehnten? Ich schreibe sie dir auf, sagte Louise, am Ende vom Boulevard Arago, hast du ein bisschen Geld? Tja, weißt du, sagte Victoire, nein. Hier, sagte Louise.

Victoire nahm die Metro bis zur Station Denfert-Rochereau, ging dann den Boulevard Arago hinab, der jetzt im Oktober aussah wie das Inbild des Herbstes in einem alten Schulbuch. Er hat den Zuschnitt eines Bumerangs, ist von roten Bäumen gesäumt, aus denen bei kühlem Wetter, grauem Licht und niedrigem Himmel Kastanien fallen, die bisweilen auf Autos prallen, Negative von Golfbällen. Luciens Wohnung befand sich ganz am Ende des Boulevards, in der Nähe der Manufacture des Gobelins, Victoire konnte für zwei Wochen dort mitwohnen.

Sie kannte Lucien kaum, hatte ihn zweimal flüchtig bei Louise gesehen, aber glücklicherweise verhielten sich ihre Tagesabläufe antizyklisch zueinander. Fast niemals begegneten sie sich in der Zweizimmerwohnung, Victoire schlief noch, wenn er frühmorgens ging, er traf sie nicht an, wenn er nachmittags nach Hause kam, und schlief, wenn Victoire recht spät wieder eintraf. Nach dem Aufwachen erblickte Lucien auf dem Rand der Badewanne in einem Haar von Victoire einen Schriftzug, eine lange, sorgfältige Unterschrift, ihre sämtlichen Vornamen, gefolgt von einem mäandernden Schnörkel.

Victoire hielt sich in den kommenden Wochen von den Orten, die sie früher frequentiert hatte, fern. Trotzdem, eines Abends Mitte November, als sie fast wieder zu ihrem normalen Aussehen zurückgefunden hatte, wagte sie sich ins Central. Seit dem Vorabend ihres Aufbruchs war sie dort nicht mehr gewesen, doch kaum stand sie drinnen, erblickte sie an der Bar, in Begleitung einer schönen Frau, Félix.

Félix sah blendend aus und schien keine besondere Gefühlsregung an den Tag zu legen, als er Victoire auf sich zukommen sah. Na, rief er nur, wo hast denn du gesteckt? Ich habe dich überall gesucht, das ist Hélène. Victoire lächelte Hélène an und fragte Félix nicht, warum er nicht tot sei, das hätte die Atmosphäre beeinträchtigen können, lieber bestellte sie einen trockenen Weißwein. Und Louis-Philippe, sagte sie, hast du den letzthin mal gesehen? Ach, sagte Félix, das weißt du noch gar nicht. Das tut mir Leid. Ich lass euch einen Augenblick allein, sagte Hélène. Das tut mir Leid, wiederholte Félix leise, als sie gegangen war, ich dachte, du wüsstest es. Man weiß nicht, was mit Louis-Philippe genau passiert ist, es ist nie ganz geklärt worden, soweit ich weiß, hat man ihn ein paar Tage danach in seinem Bad gefunden. Das ist eben das Problem, wenn man allein lebt. Es war genau, als du verschwunden bist, wie lange ist das jetzt her, ein Jahr, ein knappes Jahr? Ich habe sogar kurz gedacht, du wärst deswegen verschwunden. Aber nein, sagte Victoire, natürlich nicht.

Die Originalausgabe erschien 1997 unter dem Titel
Un an
bei Les Éditions de Minuit, Paris

Umschlaggestaltung:
Nina Rothfos und Patrick Gabler, Hamburg
Typografie: Renate Stefan, Berlin
Gesetzt aus der Berling
durch Offizin Götz Gorissen
Druck & Bindung: Ebner & Spiegel, Ulm
Printed in Germany 2005
ISBN 3-8270-0368-7

JEAN ECHENOZ

DIE GROSSEN BLONDINEN

Roman

Aus dem Französischen von Hinrich Schmidt-Henkel

Eine gefährliche Blondine, ein dämonischer Schutzengel, ein Filmproduzent und Privatdetektive – in der Fernsehwelt verankert, unterläuft dieser Roman zugleich alle Muster des Abenteuerromans.

»Die Blondine als Fleisch gewordenes Paradox der Einheit von Oberfläche und Geheimnis ist genau der richtige Gegenstand für ein Schreiben, wie es Echenoz so könnerhaft-leichtfüßig pflegt … Hier gibt es tausend vielversprechende Motive, die den Philologen im Leser herausfordern – aber es ist alles eitel, alles ein Spiel, freilich ein hochgradig vergnügliches. Nichts ist hier notwendig, aber alles so kraftvoll, so souverän inszeniert und charmant, dass man auf kein loses Ende verzichten möchte.«

Süddeutsche Zeitung

»Unbeschreiblich ist Echenoz' Kunst, viel auszudrücken, ohne etwas zu sagen. Was kleinere Geister nicht zu Ende zu führen wagen, vergrößert er noch. Das ist amüsant und intelligent, nicht entweder U oder E, sondern sowohl als auch. Ein tolles Buch!«

Mannheimer Morgen

JEAN ECHENOZ

ICH GEHE JETZT

Roman

Aus dem Französischen von Hinrich Schmidt-Henkel

Der preisgekrönte Roman über einen Mann, der aus Langeweile und Lebensüberdruss seine Frau verlässt und das Abenteuer sucht.

»Er sieht alles, und sieht alles genau an, mit einem zugleich kannibalischen und gütigen Lächeln. Ich gehe jetzt ist ein heiterer Text, spöttisch und lebendig.«

Le Figaro

»Indem Jean Echenoz das Reale nach seinen absurden Substanzen abklopft, hält er uns einen Zerrspiegel unserer Gegenwart vor.«

Süddeutsche Zeitung

»Seine Verführungskunst ist Echenoz' gefährlichste Waffe. Mit seinem außerordentlichen Können, einer Menge Charme und seltener Virtuosität gelingt es ihm, den Leser vom geraden Weg abzubringen.«

Le Monde

Berliner Taschenbuch Verlag

Christian Gailly

EIN ABEND IM CLUB

Roman

Aus dem Französischen von Doris Heinemann

Nach zehn Jahren brechen die Liebe und die Kunst wieder ein in die gesicherte Existenz des ehemaligen Jazzpianisten Simon Nardis. Er beginnt ein neues, glückliches Leben, aber alles hat seinen Preis …

»Eine Geschichte mit der Sogkraft eines Jazzsolos.«

Focus

»… das kleine Wunder seiner Prosa aber ist, dem Leser das Wunder der Liebe anzukündigen und es ihn doch überraschend und frisch erleben zu lassen – was nicht zuletzt an ihrer leicht von sich selbst berauschten musikalischen Leichtigkeit liegt, an der souplesse Gaillys.«

Frankfurter Allgemeine Zeitung

»… wie Gailly das Spiel der Gesten und Töne in einen lässigen Sprachrhythmus übersetzt, macht jeden Leser wehrlos.«

Die Welt

Berliner Taschenbuch Verlag

Christian Gailly

KV 622

Roman

Aus dem Französischen von Chris E. Paschold und Albert Gier

Zufällig hört der Erzähler Mozarts Klarinettenkonzert KV 622 im Radio – und er macht sich auf eine aberwitzige Reise nach Paris, um das Konzert live zu genießen. Schließlich kommt es zu dem lang ersehnten Hörerlebnis, doch neben dem Erzähler sitzt eine blinde Frau, deren Ehemann sie ins Konzert gebracht hat, um sie dann für immer zu verlassen.

»Diese Eleganz der Ironie, diese Musik aus Worten, die auf ihrem Höhepunkt abbricht, sind Gailly ganz eigen und Kennzeichen seines Könnens.«

Le Monde

»Gailly ist der komischste pessimistische Autor, den die Verzweiflung zulässt. Ein Buch der Hoffnung und der fröhlichen Trauer.«

Libération

Berliner Taschenbuch Verlag